Inumana: Cartas para uma Narcisista

Rowan Knight

Published by 22 Lions Bookstore, 2019.

Sumário

Direitos Autorais

I numana: Cartas para uma Narcisista
Escrito por Rowan Knight

Publicado por 22 Lions Bookstore & Publishing House

Sobre a Editora

Sobre a 22 Lions Bookstore:
    www.22Lions.com
Facebook.com/22Lions
Twitter.com/22lionsbookshop
Instagram.com/22lionsbookshop
Pinterest.com/22lionsbookshop

Introdução

A eterna busca pelo amor pode levar à felicidade e ao sofrimento ao mesmo tempo. Parece que todas as alegrias da vida têm um preço quando abrimos nosso coração. Mas não há nenhum desafio que seja grande demais quando nossa alma não é pequena, e é no amor que realmente testamos nossas limitações. Na nossa aspiração de experimentar o amor, brigamos, exigimos, persistimos, mas também sonhamos, sentimos o bem e o mal dentro de nós e dos outros e, finalmente, mudamos nossa natureza. A eterna busca pelo amor é tão antiga quanto a de nos encontramos, porque é no amor que podemos perceber as melhores reflexões para quem somos e por que somos como somos.

Também nesta história, as cartas descrevem emoções, perspectivas, insights e uma análise das situações ocorridas. E promovem um melhor entendimento sobre a dinâmica envolvida em relacionamentos difíceis, pois apresentam datas e eventos organizados conforme o ocorrido na vida real.

Outro tema subjacente a este romance é a possessão espiritual, e o verdadeiro dilema que uma mulher experimenta entre amar um cristão e manter seu pacto com o diabo e todos os benefícios que advêm disso, e que ela perderia por amar esse homem. A mulher retratada nesta história é uma ninfomaníaca que vendeu sua alma para manter uma vida de luxúria, poder sobre os homens e prazer constante, e o objetivo destas cartas era salvá-la e salvar um relacionamento muito único.

1ª Carta - Incluída Numa Escolha

06 **Outubro 2009 - 16:29**

Fiz uma escolha na vida e, por isso, fui colocado no lugar mais adequado que deveria estar. Não tenho dúvidas sobre isso. Pela primeira vez na minha vida, o caminho que tenho que seguir é muito claro. Mas estou me recusando a experienciar isso porque gosto de me divertir com minhas próprias ilusões e habilidades. E assim, todos os dias, recebo lições que cortam meu ego por suas raízes. Como disse antes, vivi muito rápido. Essa foi a minha filosofia de vida - experimentar e expandir o máximo possível. Mas, é claro, às vezes nos esgotamos, se vivemos assim. Outras vezes, temos que usar pessoas para alcançar o que queremos mais rapidamente. De qualquer forma, estava jogando um jogo que não é meu. Mas agora cheguei ao que poderia ser um novo caminho, depois de obter tudo o que queria e saber tudo o que desejava.

Tudo o que está acontecendo, desde que cheguei a este país, está me fazendo me confrontar comigo mesmo. Mas isto está acontecendo de uma maneira muito clara, pois está tudo conectado à parte de mim que precisa mudar.

Você definitivamente faz parte dessa mudança. Portanto, nunca deve sentir pena de nada. Nós somos o que somos e as coisas devem ser como deveriam ser. Às vezes, nosso papel na vida de outra pessoa acontece de uma maneira que não poderíamos prever. Às vezes somos ensinados por aqueles que deveríamos estar ensinando. E outras vezes, experimentamos eventos intermediários, e que chamamos de experiências reais. Portanto, nunca me recuso a nada que acredito que deva aceitar. É por isso que gosto tanto de conversar com os outros. Eu nunca estou exatamente falando. É por isso que sou facilmente parado, se sou levado a assuntos sem saída. E quando escrevo qualquer coisa, como esta carta, acontece o mesmo. Não estou apenas falando sozinho, mas criando pontes e trocando emoções, entre outras coisas que não devo dizer.

Se às vezes pareço imprevisível ou estranho para você, isso ocorre apenas porque minha experiência de vida me ensinou a fazer isso para viver mais pacificamente. A verdade é que aprecio pessoas que podem se expressar livremente. E, sinto-me atraído por coisas que são exatamente o que são. É assim também que gosto de ser.

Espero que possamos conversar com mais frequência. É interessante quando você repete o que eu digo ou responde diante de mim coisas que pensava que apenas eu sabia.

Ontem você me esmagou contra uma parede de conversas sem saída. Porque não disse desde o início por que queria falar sobre religião, e eu nunca me importei com o que as pessoas estão pensando de mim, ou se ficam geralmente focadas apenas em mim. Depois dessa experiência, não conseguia "sintonizar" novamente com tanta facilidade, mas tudo bem. Valorizo o silêncio tanto quanto as conversas. Às vezes falo por horas sem pausa. Outras vezes, gosto de ficar sozinho. E às vezes também gosto de estar em silêncio entre outros. Mas desde que cheguei a este país, não sou mais assim, apenas sigo o que acontece. E sim, assim como os animais vivem. Portanto, é fácil me esmagar contra "paredes", pois não me importo mais com o futuro. As coisas continuam acontecendo, e certamente muito mais acontecerá, pois estou aqui apenas por três semanas. Mas gosto de brincar com outras regras, ... e como não devo dizer mais por enquanto, responda quando puder! Quando você quiser conversar, é só me ligar! E da próxima vez, tente ter coisas normais para beber em casa, como suco de laranja, e não vinagre!

2ª Carta - Porque Não Te Entendo

06 **Outubro 2009 - 20:30**

Não entendo bem por que você descreve a noite de ontem como uma "situação estranha", pois não falou muito. Tudo o que você disse foi muito normal para mim. Só não sabia que você sabia o que sabia. Mas se você tivesse dito antes, eu não falaria nada e provavelmente não congelaria como sucedeu. Eu ficaria feliz por isso e continuaria falando, pois não vejo nada de estranho em tudo o que você disse.

Algumas coisas que você disse, já me tinha dado conta antes. É por isso que estava brincando com você o tempo todo. Eu não tinha certeza se você se conhecia o suficiente. A maioria das pessoas não se conhece bem. Pelo que, abordo o que é positivo dessa maneira. Mas também vejo as fraquezas de todos. Apenas evito os fazer sentir mal consigo mesmos.

Acredito que você vive em um grande castelo do qual não quer sair, mas tudo bem. Apenas não use sua imensa inteligência em uma forma negativa de ações e pensamentos. É isso que me assusta em você. Eu tenho medo do medo, especialmente em pessoas muito inteligentes e capazes. E você tem medos dentro de si. Deixe eles saírem! Ou pelo menos tente, quando estiver comigo, por favor!

3ª Carta - Não Assuma Nada

10 **Outubro 2009 - 14:34**

Definitivamente, é muito mais interessante ver seus e-mails ao seu lado. Fico feliz que minha conexão com a Internet não estava funcionando esta manhã.

Eu não tenho medo de você. Bem, não da maneira que menciona. Sou irônico na maioria das coisas que digo e coloco muita energia nas palavras. Não leve tão a sério. Sou apenas um artista, louco pela maneira como me sinto e expresso. Eu gosto de você do jeito que é. Se fingir ser alguém diferente, ficarei desconfortável e evitarei você. Eu não esperava encontrar alguém como você na minha vida. Estou pagando um grande valor por essa experiência. É por isso que está sendo tão difícil para mim. Eu não esperava isso.

Como já lhe disse, vim para este país para me fazer de bobo com a vida, para não ter meu espírito completamente queimado em cinzas. É isso que está acontecendo de muitas maneiras diferentes. Sinto como se estivesse queimando por dentro. E estou tentando lidar com isso da melhor maneira possível. Mas me sinto preso na maioria das vezes. É por isso que sinto dor. Aprendi a viver a vida de uma maneira completamente diferente e, para mim, toda essa experiência aqui, inclusive você, parece um renascimento. Eu sinto que estou morrendo ao mesmo tempo. Mas não leve para o lado pessoal. Seja o que você quer ser, sinta o que você quer sentir e diga o que você quer dizer! O que me preocupa, é para mim e apenas para eu resolver. Portanto, deixe queimar!

Eu gosto muito de você e amo nossas conversas. Não assuma tantas coisas! Mas diga o que quiser! Eu sou viciado em experiência. Portanto, não se preocupe comigo. Espero não fazer você se sentir mal de forma alguma.

Desculpe se faço coisas estúpidas às vezes. Eu só estou perdido. Já joguei muitos jogos e agora as coisas estão acontecendo comigo de uma maneira muito forte. É mais fácil para você se pensar que sou louco.

Minha casa está uma bagunça, assim como minha cabeça agora. Pelo que não sei quando estarei pronto para convidá-la para um chá. Você deve esperar!

4ª Carta - Interpretações Erradas

13 **Outubro 2009 - 02:02**
Esqueci meu trabalho em sua casa, mas é perigoso se for a sua casa de manhã ou à tarde. Não poderei sair facilmente novamente. Pelo que, vou tentar não esquecê-lo amanhã à noite.

Desculpe pelo beijo na porta da frente, mas simplesmente considerei o seu em nossa primeira vez como um caminho aberto. De qualquer forma, acho que isso não importa mais. Eu nunca quis pressioná-la em nada, mas desejei esse momento por um longo tempo, e tenho certeza que você também. Talvez você não tenha pensado que poderia ser assim.

Não há barreiras na minha mente ou na minha realidade. Eu apenas sigo a energia. Você pode bloquear essa energia, mas não com palavras! Eu posso sentir o que você sente e saber o que pensa, portanto seja honesta consigo mesma e encontrará o caminho certo! A dor só pode vir de contradições. Resolva-as e a dor irá embora! Atraímos tudo o que temos em nossa vida, mas sempre temos uma opção ao lidar com isso. Espero que você possa dormir bem esta noite.

5ª Carta - Nossa Confusão

18 **Outubro 2009 - 09:31**

Cresci em cidades violentas e com pais tirânicos. Passei a maior parte da minha vida em confusão, tentando entender por que era tão diferente. A adaptação nunca funcionou, simplesmente porque não conseguia entender as coisas que as pessoas fazem apenas por instinto. Então passei a vida toda estudando o comportamento humano. Com sete anos, já estava escrevendo papéis sozinho, cheios de descrições sobre pessoas diferentes que conhecia. Eu analisaria esses trabalhos para ver diferenças, atitudes comuns, mudanças de comportamento e ações permanentes. Mas esse estudo pessoal não foi suficiente. Minha religião também não foi suficiente. Então, quando adolescente, eu me rebelei. Eu escolhi a raiva, em vez da tristeza.

Durante esse tempo, estava lendo muito sobre psicologia, incluindo entrevistas gravadas com pacientes, tentando entender o que está por trás do comportamento humano. E usei essa raiva, estando em grupos que a apoiavam e a respeitavam. Minha vida naquela época era toda sobre brigas, fazendo as pessoas se sentirem estúpidas e controlando-as. Mas ainda não estava funcionando para mim. Eu ainda não me sentia humano e achava que não estava fazendo o que deveria fazer na minha vida.

O próximo passo foi entender quem eu era. Entrei em dezenas de grupos religiosos. E, passo a passo, as peças começaram a combinar. À medida que essas peças combinavam, comecei a mudar, pois estava vendo mais e percebendo mais sobre mim mesmo.

Esse caminho sempre foi muito difícil, pois fui forçado a aceitar a verdade sobre quem sou. Tive que aceitar coisas que ninguém nunca me disse, mas que já estava dentro de mim. Essa é a razão pela qual estudei tantas religiões. Estava tentando entender quem era e qual é o meu propósito na vida.

Essa mudança foi muito difícil, mas me fez mais de quem e do que sou. Foi por isso que consegui consertar minha vida e vencer todos os desafios que me foram colocados. Descobri minha verdadeira personalidade e o que poderia fazer com ela. Também descobri qual é o meu objetivo na vida e como devo vivê-lo. E com isso, meu nível de felicidade cresceu como nunca antes. Comecei a sorrir com mais frequência e comecei a fazer piadas sobre tudo. Agora posso sorrir o tempo todo porque me sinto em paz com a vida.

Muitas pessoas no meu passado me ajudaram. Algumas delas eram exatamente como eu e eram capazes de me mostrar coisas que não sabia na época. Tive que estudar todas as informações com muito cuidado e testá-las na minha vida para ver se era tudo realmente verdade.

Eu não conseguia ser livre e feliz quando tentava evitar essa verdade e decidi, por isso, simplesmente trabalhar com ela. Depois que o fiz, todo o resto se seguiu.

Entendo que, desde que nos conhecemos, você tem medo das coisas que posso fazer. Ao mesmo tempo, está tentando acabar com esse medo me mudando. Você acha que pode me mudar, me tornando mais como todo mundo que você conhece.

Lamento dizer, mas não vai funcionar! Você não pode me fazer ter habilidades com as quais não nasci, coisas que nunca consegui entender, porque não as tenho e nunca terei.

Passei minha vida inteira tentando entender a mim mesmo e minhas razões para viver. Também foi muito difícil para mim. Mas consegui encontrar felicidade e paz depois de aceitar a verdade.

Eu tentei fazer você se sentir feliz e animada, porque não posso sentir isso. Eu não posso perder o controle. Só posso sentir as mesmas coisas através de você.

INUMANA: CARTAS PARA UMA NARCISISTA

Se você recusar o que sou, estará me recusando. Não espere que perca o controle, não espere que rejeite a conexão que tenho e me permita ter uma energia vital sem fim, não espere que sinta coisas que não posso sentir e não espere que pare de ter coisas que tenho agora. Se você não ama a pessoa que sou, você não me ama.

O que você fez ontem foi uma rejeição. Eu te amo. Mas nosso relacionamento não funcionará se você não me amar. Eu lhe disse que a única maneira de terminar esse relacionamento era se você escolhesse fazê-lo.

Eu acho que você está escolhendo isso. Ontem me senti rejeitado. Eu ainda te amo demais. Eu ainda não posso ficar sem você. Eu ainda acordo pensando em você. Cada dia que passa, eu te amo mais. Mas a cada dia que passa me sinto mais rejeitado por você.

Se você quer ter um namorado normal, que faz coisas normais e sente coisas humanas normais, boa sorte em encontrá-lo! Eu não sou essa pessoa. Pense no que você está pronta para aceitar antes de pedir desculpas e depois me fazer sentir a dor da rejeição, pois me sinto como um monstro toda vez que você faz isso.

Eu sou apenas um ser vivo, como você. Do meu jeito, eu vivo, assim como você. Ame-me ou rejeite-me!

Eu amo você, mas o que você fez comigo ontem foi uma destruição do que existe entre nós. Não posso mais te beijar ou ficar mais perto de você.

Eu realmente tentei estar naquele jantar ontem à noite, mas não conseguia olhar para o seu rosto e não podia fingir ser feliz. Se eu estivesse lá, teria feito muitas coisas ruins para muitas pessoas presentes.

Não quero sentir raiva ou fazer coisas ruins para os outros, então decidi não ir.

Eu quero que você saiba que ainda quero você na minha vida. Eu ainda sinto da mesma maneira que sempre senti por você. Eu ainda sinto dor quando você não está comigo.

Nunca senti com mais ninguém o que sinto com você. Mas tem que me aceitar como sou! Eu não ficarei feliz se não o fizer. Vou me sentir infeliz, se você continuar tentando me tornar em alguém que não sou.

Você tem que deixar seu passado para trás e me aceitar como uma nova experiência em sua vida! Não sou seu ex-namorado, não sou sua mãe e não sou seus amigos ou sua família. Eu sou o que eu te disse que sou. Não tenho nada a esconder. Mas tenho muito em mim para fazer você entender. Eu não posso estar com você, se você rejeitar o que sou. E você não está me ajudando se fizer isso. Eu posso lidar com muitas coisas na sua vida e dentro de você, mas se você me rejeitar, o relacionamento não poderá existir.

Estou lhe dando tempo para pensar sobre tudo isso e entender o que você realmente sente por mim. Não pode ser apenas o seu forte batimento cardíaco quando estou perto de você.

6ª Carta - Dilema

18 **Outubro 2009 - 18:30**
Não sei o que fazer com você. Você continua insistindo em evitar as raízes do problema. E sempre tenta encontrar uma maneira de fazer uma de duas coisas: me remover de sua vida ou me transformar em alguém com quem se sinta mais confortável.

Talvez você tenha mudado muito seu apartamento porque não pode me mudar. Tentei ter paciência, mas você continua fazendo isso várias vezes.

Eu ainda me sinto rejeitado. Ainda sinto que você não me conhece e não quer conhecer.

Como você pode esperar que mude simplesmente tocando minha mão? Especialmente, se não disser nada. É como se estivesse me fazendo sentir estúpido.

Quero você na minha vida, mas não assim. Não se trata dos erros que você comete. É sobre a origem de todos eles.

Não sei mais o que dizer. Estou assistindo você se divertindo num teatro criado por você e do qual você não quer sair.

7ª Carta - Como Te Posso Ajudar

18 **Outubro 2009 - 20:00**

Posso te ajudar. Não tenha medo, por favor!

Você não é fraca, e eu nunca pensei nisso, e nunca pensarei assim sobre você. Você chora porque é forte, pode sentir.

Não estou jogando facas no seu coração. Essa é uma ilusão feita pelo seu subconsciente contra você.

As raízes dos seus pesadelos estão ligadas às coisas que você mais ama. É por isso que tem medo de ser feliz. É por isso que pensa que estou machucando você. Isso não é verdade e você sabe disso. Eu fui muito forte e muito direto novamente. Eu sinto muito! Sinto-me ameaçado pelo que você tem por dentro e esse medo faz sentido, especialmente depois que disse coisas que me machucaram muito, como ontem. Por isso fui tão forte.

Eu não gosto de sentir medo. Eu ataco quando sou ameaçado, assim como você. Mas não estou te atacando. Estou atacando o que você tem por dentro. A dor que você sente existe porque você não quer se libertar dessa coisa.

Posso prometer que terei mais cuidado da próxima vez. Mas o principal que você deve saber é o que sentimos um pelo outro. Isso é o que mais importa.

Dê uma oportunidade para o nosso relacionamento crescer, como eu venho fazendo desde o início! Eu nunca parei, mesmo quando você me machucou. E sim, senti minha raiva desaparecendo quando olhei para os seus olhos e toquei sua mão hoje. Eu só tinha que ter certeza de que você não faria a mesma coisa novamente. Por isso tive sentimentos confusos e por isso esperei por suas ações e palavras.

Não consegui parar de pensar em você o dia inteiro e sinto sua falta.

ROWAN KNIGHT

Sou muito exigente com as pessoas, mas sou ainda mais comigo mesmo e com as pessoas com quem me importo.

Por favor, diga alguma coisa! Você está apenas me fazendo sofrer mais.

Não alimente a dor quando há algo bonito crescendo entre nós.

8ª Carta - Sou Impaciente

18 **Outubro 2009 - 22:08**

Hoje estava jantando na cantina e vi dois homens cozinhando um ao lado do outro. Um tinha a chama muito alta, praticamente até o nível do rosto. O outro mantinha sua chama no mínimo. Mas ambos terminaram de cozinhar ao mesmo tempo.

Tivemos três problemas em apenas uma semana, um após o outro. A chama está alta, mas acredito que no final o resultado pode ser o mesmo daqueles dois homens.

Eu lhe disse que estava preparado para manter a chama acesa, não importando o que acontecesse. E você prometeu não ter atitudes radicais novamente. Hoje dei a você uma oportunidade para conversarmos, mesmo que não estivesse me sentindo bem, mas você não está fazendo o mesmo.

Eu não sou tão paciente quanto você. Eu não posso ficar quieto. Hoje à noite não vou conseguir dormir.

Estou fazendo por você o que nunca fiz por mais ninguém. Estou lutando para manter a relação, não importando o quão doloroso isso possa ser para mim.

Devido à sua reação à minha mensagem, agora entendo o que você fez ontem e, ao mesmo tempo, também entendo por que você se sente como se sente agora.

Você não precisa se sentir assim! Você não precisa me temer ou me tirar do seu coração! Não há razão para isso. Não seja a pedra que você me pediu para não ser! Você é muito mais inteligente e madura do que isso.

9ª Carta - Crueldade Inconsciente

24 **Janeiro 2010 - 21:07**
Não destrua este relacionamento! Veja o que temos, com cuidado!

Talvez um de seus amigos tenha lhe falado coisas ruins sobre mim ou sobre o relacionamento, ou talvez você esteja com medo de ter um relacionamento real pela primeira vez em sua vida. Não sei o motivo. O que sei é que você está destruindo a bela relação que temos.

Não quero desistir de você, mas está me deixando sem opção. Estou muito triste e magoado, porque realmente quero amar você e sei que você é a única que esperei a vida toda.

Se sinto isso, você deve sentir o mesmo. Não estrague a nossa vida! Dê-nos o máximo de oportunidades possível! Ajude-me a lidar com os problemas! Atenda o telefone! Você está destruindo muito...

Por que você fala comigo sobre o ódio quando destrói coisas bonitas, como a nossa vida juntos? Por que você fala comigo sobre amor quando é você quem fecha seu coração? Por que você fala comigo sobre o cuidado de não perder o que temos, quando é você quem desiste?

Estou muito magoado, pois me dediquei completamente a este relacionamento. Mudei todas as minhas coisas para o seu apartamento nas primeiras semanas sem pensar duas vezes.

Esqueci a dor quando vi você em França. Em uma manhã, estávamos conversando sobre ter nossa própria casa, ter filhos, trabalhar juntos em outro país e, basicamente, ser felizes juntos. À noite, no mesmo dia, você terminou tudo. Por que você dá tanta dor a você e a mim? Por que você não pode simplesmente aceitar o amor em sua vida?

Eu realmente quero construir uma vida com você porque amo você.

Se você não me quer mais, pelo menos me ajude a lidar com essa dor de uma maneira menos dolorosa, porque parece que esse rompimento é muito mais simples e menos doloroso para você do que para mim, por razões que você deve entender por si mesma.

10ª Carta - O Amor Não Deveria Ser Difícil

03 **Março 2010 - 16:50**
Amar alguém não deve ser tão difícil.

Estou vendo você criando uma distância entre nós que tende a crescer.

Toda vez que minha esperança cresce, você a rouba. Toda vez que meu coração se abre, você o esmaga. Lentamente, passo a passo, você está deixando morrer o que tínhamos.

Não sei mais o que fazer. Só posso ver o que você está fazendo, pois já fiz tudo o que pude.

É triste amar alguém que não pode aceitar o amor.

Não é de admirar que as pessoas não acreditem em nosso relacionamento. Você não se comporta como se tivesse um.

Concordamos em não falar sobre o relacionamento. Eu fiz isso. Concordamos em conversar apenas quando algo estava errado. Eu também fiz isso. E o que devo fazer quando você decide desaparecer como se não se importasse comigo ou conosco?

Problemas pessoais nunca são uma desculpa para desrespeitar outra pessoa, especialmente se você estiver em um relacionamento com alguém que se importa. Eu não acho que mereço esse comportamento. Não sei por que perco tanto tempo escrevendo essas coisas. Você não se importa, e mesmo que eu diga cara a cara, você não entende. Eu não mereço isso com certeza.

11ª Carta - Sua Decisão

10 **Março 2010 - 11:23**

Você pode ter reconhecido que recusou o amor, mas não reconhece que ainda o faz. A vida não é sobre o que você perde, mas sobre o que você escolhe perder. Quando você recusa o "presente", não há presente a ser guardado para aproveitar o futuro. Desculpas não apagam o passado e não mostram esperança para o futuro.

Eu realmente quero acreditar em nós, mas não posso acreditar apenas no "nós", pois o "nós" é feito de você e de mim. Se você agir olhando apenas para o "você", o "nós" morrerá lentamente.

Todo erro que você comete ao "nós" me machuca, porque eu sinto como se fosse meu. Se você falhar, eu falho, porque também quero acreditar em nosso amor.

Entenda minhas palavras como ajuda para sua própria consciência.

Para acreditar em nosso reinício, não consigo ver o mesmo padrão de comportamento repetidamente. Quero manter o orgulho de tê-la na minha vida, portanto, por favor, aja de maneira diferente das suas experiências passadas, simplesmente aceitando o que deseja!

Eu não quero falar sobre o nosso relacionamento novamente. Eu só quero acreditar.

12ª Carta - Não Existem Vencedores

12 **Março 2010 - 10:53**

Em uma separação, não existem vitórias, apenas perdas. Você jogou muito na defesa em nosso relacionamento. Essa atitude levou você a sempre ver minhas palavras como ataques, mesmo que não sejam. Fiquei magoado por não ter o seu amor, e só isso. Foi isso que expressei. Quanto mais queria te amar, mais você me empurrava para trás, e então eu te machucava com minhas palavras porque estava sofrendo com a rejeição.

Eu não sou uma pessoa que machuca os outros, e a coisa mais difícil para mim era sempre manter minhas emoções e palavras. Mas, como não estamos mais juntos, eu gostaria de ser seu amigo. Não sei se posso, mas pelo menos é uma maneira de tornar a separação menos dolorosa.

Eu não queria mais o relacionamento desde nosso último encontro. Foi o seu toque e beijo que despertou tudo dentro de mim. Mas não era mais o mesmo. Seu e-mail me ajudou a acreditar novamente. Você usou muitas palavras bonitas e uma honestidade completa que me fizeram sentir muito orgulho de tê-la em minha vida. Mas uma vez que você me empurrou para fora de casa naquela noite, comecei a me fechar novamente, pois perdi minha confiança em você mais uma vez. Agora estou completamente cerrado. Nada vai me fazer querer estar no relacionamento novamente. Mas gostaria de terminar corretamente. Nós podemos conversar normalmente. Apesar de que fizemos isso muito bem no passado, antes do primeiro beijo.

Você é uma pessoa bonita e é por isso que estava com você. Eu te disse isso muitas vezes. Eu podia ver toda a beleza dentro de você, mesmo que você não pudesse. Mas como o amor é a única coisa que desejo ter nesta fase da minha vida, esforcei-me muito para libertá-lo de suas sombras, para que toda essa beleza pudesse ser livre.

Você viu isso comigo muitas vezes. Mas não fui bom o suficiente e falhei, e sinto muito.

Neste momento, só desejo que nós dois possamos encontrar felicidade e paz. Desejo-lhe uma boa vida e, independentemente dos problemas que enfrentamos, realmente amei nossos momentos juntos. Você é a pessoa mais interessante que conheci na minha vida e a única que me permitiu ser eu mesmo, completamente livre para ser quem eu sou. E agradeço por isso! Foi uma experiência que me mudou profundamente de uma maneira muito boa.

Acredito que com mais sabedoria vem uma maior mudança. As maiores transformações são sempre mais dolorosas, pois mudam as estruturas mais seguras e profundas da personalidade. Por causa disso, não sinto muito pela dor que o relacionamento me trouxe. Só sinto muito por lhe trazer dor.

No final, vi o amor verdadeiro e o experimentei. Só por isso, esperar uma vida valeu a pena. Sinto-me abençoado porque vi amor de todo o coração. Não sei se posso encontrá-lo novamente, mas valeu a pena experimentá-lo.

Por favor seja feliz! É a única coisa que desejo para você. Estarei em paz, se conseguir isso.

13ª Carta - Contradições

06 **Abril 2010 - 12:49**

Quando você me ligou nove vezes, chorando, às duas da manhã, eu a peguei nos braços, porque não queria deixá-la sozinha em sua dor. Mas você me abandona o tempo todo.

Se você ama e abandona a pessoa que ama, não se ama a você mesma.

O amor não é o que os filmes mostram. Sim, o amor é perfeito, mas não como você o imagina. A perfeição do amor vem com a dor de aceitá-lo. Significa aceitar outra pessoa em nosso coração como se essa pessoa fosse nosso próprio coração. Significa o risco de altas doses de dor, a fim de alcançar algo mais elevado do que nossas almas.

Estar apaixonado é ter um combustível poderoso em nós, tornando-nos mais rápidos no caminho da vida, encontrando a felicidade, o propósito da vida e, finalmente, quem somos, porque quem ama pode ver tudo.

Quando você me machuca, espero ou evito você, até que seja capaz de lidar com a dor, porque sei que você o faz devido às suas próprias ilusões.

Quando te machuco é o mesmo. Eu não tento machucá-la de propósito. Quando evito você, é porque estou sofrendo. Quando estou sofrendo, não posso falar nada com a pessoa que me machucou.

Depois de tudo o que você aprendeu, depois de saber que naquela tarde você me rejeitou e eu, magoado, procurei a companhia de um amigo, fazendo você se sentir abandonada, depois de saber que nos comportamos de maneira diferente de acordo com princípios culturais, depois de saber tudo isso, como você pode terminar o relacionamento e quebrar uma promessa? Que tipo de pessoa é você? Você sabia que seu comportamento não era justificado e ainda assim o fez.

Eu esperei por você no restaurante até as 3 horas, mesmo sem saber se você viria. Mais tarde, vi meu colega por acidente e fui tomar um chá com ele. Você nos viu da janela por coincidência. Se você não tivesse visto, eu te ligaria mais tarde para levá-la a um restaurante, pois não tinha vontade de cozinhar para você depois do que você fez. Mas como você me ligou e agiu como se não quisesse mais me ver, eu decidi lhe trazer o jantar. Cheguei às 19 horas. Um bom momento para jantar, você não acha? Mas você já tinha enlouquecido e encontrado um hotel no meio do nada. Quando liguei para você, tudo o que você disse estava cheio de raiva, como se eu fosse seu inimigo.

Se eu sou seu inimigo, você não tem amigos. Somente alguém que pudesse te amar tanto poderia aguentar tanto quanto eu, e sempre voltar com a esperança de que você poderia ser uma pessoa melhor, enquanto sentiria alegria quando se sentisse melhor consigo mesma.

No telefone, pedi para você não terminar. No dia seguinte, esperei suas alterações. A única coisa que você tinha a dizer era "Eu cumprirei minha promessa" ou "Eu não quero terminar com você". Só isso seria suficiente, mas você acabou com tudo.

O que você espera de mim? Você está brincando comigo como se eu fosse seu brinquedo.

Eu sei que te machuquei, mas nunca fiz isso de propósito. Quando me machuco, evito essa pessoa, mas eventualmente volto. Mas você, você acabou de terminar tudo.

Eu nunca termino com você porque respeito você e respeito o que sinto. Não posso terminar com uma pessoa que amo, mesmo que me machuque, porque isso não muda a emoção. Não posso viver com medo de que a pessoa que compartilha a vida comigo possa me deixar. Como posso construir um futuro com essa pessoa? Você nem consegue cumprir sua promessa e depois diz que me ama. Se isso é verdade, então você não se ama.

Eu poderia aliviar essa dor, mas você me tirou da sua vida. Não lhe darei outra oportunidade de fazê-lo novamente. Eu poderia pedir-lhe que prometesse, mas você nem pode cumprir suas próprias promessas.

Como você viu antes, não exijo muito de uma mulher. Quando amo, eu realmente me comprometo. É triste não encontrar na vida alguém que possa acreditar nisso e aceitá-lo. Essa mulher poderia ser muito feliz de maneiras que ela não pode imaginar. Talvez um dia.

14ª Carta - Desistindo de Você

08 **Abril 2010 - 06:52**

Em alguns dias a dor me derrota, e esses são os dias em que penso que posso desistir. Eu me canso de todas essas suas rejeições. Então, o amor que sinto por você transforma os sentimentos negativos em positivos novamente. Fico louco por desejar você desde que acordo até ir dormir todos os dias, e é uma emoção que se torna cada vez mais forte. Nem dois meses separados se passaram, e você sabe que é o mesmo para você.

Não sou eu que você está desistindo. Você está desistindo de si mesma, porque só quero amar você.

Nós somos iguais e reagimos da mesma maneira. Se não falar com você, você sentirá a necessidade de voltar para falar comigo. Você sabe que é assim! Assim como eu, você tem dias em que a dor é insuportável. Assim como eu, às vezes você só quer desistir e depois percebe que não pode por causa do que sente. E, assim como eu, você acredita que nos encontrarmos foi a melhor coisa em nossas vidas.

Como duas pessoas inteligentes com todas essas respostas simplesmente desistem? Sabemos que tudo o que acontece não é culpa nossa e também sabemos como fazer o relacionamento funcionar. E, no entanto, desistimos da única coisa que as pessoas mais procuram em toda a sua existência: o amor.

Para mim, o mais importante da vida está no amar alguém que se encaixa em nossa alma na perfeição. E encontrei essa pessoa em você. É por isso que estou com você por tanto tempo depois do que aconteceu.

Não desista! É porque as pessoas fizeram você acreditar que poderíamos brigar por todas as nossas vidas que você desiste. É porque as pessoas acreditam que você precisa de coisas que você não vê em mim que desiste. Existem muitas pessoas fazendo você se sentir confusa e, por esse motivo, você comete esse erro.

Seus vizinhos brigaram por três anos. Imagine isso! Não precisamos brigar nem mais um dia, pois temos algo muito especial.

Não consigo parar de escrever, porque o que sinto por você é muito forte. Eu te amo e quero você de volta. A única pessoa que não me fez sentir dor é a pessoa que eu não posso amar, por isso não é sua culpa, pois eu apenas amo você.

Não nos conhecemos por acidente. Havia um propósito. Se você não acredita, lembre-se de toda a sua vida antes de vir para esta cidade. Eu não escolhi te amar. Eu simplesmente te amo desde que te vi. E não estou escrevendo para empurrá-la para qualquer coisa ou machucá-la. Eu sinto muito a sua falta.

Quando falo sobre amor, apenas falo sobre o que existe, sem dar crédito a mim mesmo. O que existe é isso: Nós dois desejávamos nos encontrar; nós dois vivemos meses difíceis antes de vir para cá; nós dois desejávamos ter amor para seguir em frente nas dificuldades da vida; Nós dois desejávamos alguém que pudesse nos fazer sentir felizes e realizados; Nós dois desejávamos que alguém compartilhasse uma vida de sonhos para construir um futuro de esperança. Temos tudo isso e não poderia ser mais perfeito.

A dor vem da inexperiência de nunca tê-la antes e, ao mesmo tempo, como algo que nos leva a aprender a respeitar um ao outro para amar mais.

Como disse antes, é apenas uma parede de fogo, e é por isso que estamos onde estamos e temos o que temos. Do outro lado dessa parede, tudo é lindo. O amor é o que permite atravessar essas mudanças. Sem isso, os seres humanos não podem simplesmente fazê-lo por conta própria. O que temos é um presente e vem apenas uma vez na vida. Se fui eu quem veio à sua vida, é porque sou eu que posso ajudá-la com o que você quer. O mesmo se aplica a mim.

Pense no que escrevi! Não se trata das palavras, mas do que você pode sentir através delas. Não me dê crédito! Dê ao seu coração! Se estou certo, é apenas porque sigo a verdade, a mesma verdade que você pode alcançar.

Você me ajudou muito a lidar com meus problemas, e é graças ao relacionamento que posso fazer tanto.

Sinto muito por te ter machucado ou não ter confiado em você o suficiente. Mas tudo veio do medo de perder você, o mesmo medo que você tem em relação a mim. É porque nos amamos tanto que existe medo.

Isso desaparecerá com o tempo, pois a perfeição não chega em um instante. É construída, como uma escultura. Mas quem vê a beleza, pode encontrá-la em uma rocha e fazer dela algo bonito, pois a beleza já estava lá.

Nós nos transformamos em rochas, mas também não construímos a beleza que estava dentro do relacionamento. Não precisamos pedir nada um ao outro, pois o amor o constrói para nós através do que já temos. É porque posso ver a beleza dentro de você que posso amar você e o mesmo se aplica a você, e é assim que mudamos. Mas não precisamos decidir mudar, apenas amar. O tempo e a vida farão o resto.

Estas duas últimas semanas foram perfeitas. Foi o medo de nos perder que arruinou tudo mais uma vez. Começou no dia em que conversamos sobre sair desta cidade para encontrar outro emprego.

Você sabe por que eu reagi dessa maneira da última vez que você se separou de mim? Você sabe por que disse que nunca mais queria vê-la? Você sabe por que parecia tão quieto? Porque tenho medo de que um dia você possa me deixar. Eu fiz isso porque quero sua felicidade.

Sei que você precisa de mim fora da sua vida para encontrar o emprego que deseja na cidade que escolheu sem problemas extra, sei que foi isso que fez você pensar tanto sobre o relacionamento nos últimos dias e dizer coisas que me fizeram sentir magoado. É porque sabia disso que te evitei, porque não sabia o que fazer.

Quero sua felicidade, mas também te amo de todo o coração e, por esse motivo, tentei deixar você ir. O que disse foi para deixar você partir, para que pudesse facilmente fazer o que quer da sua vida. Essa é toda a verdade que não queria compartilhar antes, porque não sabia como dizer ou mesmo se deveria. Queria deixar você decidir por si mesma se valho a pena fazer parte da sua vida.

Às vezes, a dor de respeitar suas decisões é insuportável, mas faço o meu melhor. Como disse, é o medo de perder você que me faz sentir a necessidade de me proteger. Quando te pressionei naqueles dias, era porque precisava de provas de que você me quer em sua vida, assim como você precisa de romantismo para saber que eu te amo. É porque te amo tanto que te machuquei.

Eu sinto muito! Não se trata tanto de confiar em você quanto em temer perdê-la. Você é a pessoa mais bonita que já entrou na minha vida. Se meu único objetivo na vida é amar você, ficarei muito mais feliz em tê-la comigo do que com qualquer outra coisa que já alcancei.

15ª Carta - Jogo Injusto

17 **Maio 2010 - 06:12**

É muito doloroso acreditar tanto em uma pessoa como você, sem nenhuma expectativa além do amor. E apenas uma única coisa esperava de você: seu amor.

Você esperava muito desde o início e, ao mesmo tempo, se contradisse completamente desde então.

Acredito que você construiu um mundo perfeito dentro de você e tem um tremendo medo de perder tudo isso.

Fiquei surpreso com o quanto você podia me ajudar nas últimas semanas, mas estou muito triste ao ver com que facilidade você ainda desiste o tempo todo.

Estou cuidando de você de uma maneira diferente da esperada, mas tentei expressá-la da maneira que você precisa. Depois que fiz isso, você encontrou outra desculpa para sua tristeza.

Esqueço o que me traz dor e lembro o que me traz alegria. Quanto mais decepcionada você se sentia com o que eu esqueci, mais eu o fiz. Mas acredito que não é justo ser expulso da sua vida porque não lembro das coisas que você precisa que eu lembre no momento certo. Não é justo me pedir para ficar quando eu quero ir e me pedir para ir quando eu preciso ficar. Não é justo dar seu corpo para mim quando preciso do seu amor, não é justo ter pena de mim, mas, acima de tudo, não é justo você abraçar tanta dor acreditando que é a coisa certa a fazer.

ROWAN KNIGHT

Você me disse, há apenas dois dias, que penso demais em meu cérebro e que esse é o problema, que você trabalha com seu coração e eu não. Mas é você quem encontra justificativas e razões para terminar, enquanto eu abro meu coração para você o tempo todo.

16ª Carta - Difícil de Ver

25 **Maio 2010 - 07:45**

Você diz "meus colegas vão me buscar", mas é sempre apenas um e o mesmo.

É tão difícil para você me ver com meus amigos espanhóis quanto para mim com os seus, porque eles farão o possível para nos separar (é da natureza deles fazê-lo, pois isso os beneficia), e posso ver isso em seus comentários. Todos eles, ao falar com você, têm poder em suas palavras:

— "Ele parece bonito sem o casaco de agente funerário", parece um comentário muito ingênuo que funciona de outra maneira: "Ele é um lobo que se veste agora de ovelha"; e você se comporta da mesma forma, esperando algo ruim em minhas palavras, não importa o que eu faço ou digo; você espera o lobo em pele de ovelha;

— "Eu tenho uma amiga americana que foi enganada por um cara de seu país" trabalha no cérebro assim: "Essas pessoas não são confiáveis, por isso não deve esperar nada, porque mais cedo ou mais tarde isso terminará dramaticamente";

— "As pessoas daquele país são muito burras", fizeram você parar de pedir minha opinião, que é o oposto do que você fez no começo, quando podíamos aprender juntos, porque se as pessoas no meu país são burras, seu cérebro diz para você : "Eu não deveria esperar conhecimento dele"; então você aprende sozinha, incluindo o meu idioma, o que você podia fazer comigo.

É interessante o fato de as pessoas usarem frases diferentes de acordo com quem estão falando. Alguns podem dizer para você: "Eu estava brigando com a minha namorada do passado por muitos anos até terminarmos". Porque sabem que o que você mais teme é brigar comigo a vida toda.

Essa mesma pessoa sabe que não tenho medo de amar, mesmo com brigas, portanto usa uma frase diferente para mim: "Minha namorada estava tão acostumada a brigar comigo que sempre encontrava um novo motivo para fazer isso até encontrar alguém. Porque sabem que o que eu temo não são as brigas, mas a falta de vontade para acabar com elas e a perda da pessoa que amo.

Isso quer dizer que todos têm pontos fracos que são fáceis de serem alcançados por quem precisa fazer isso em benefício próprio. Quando nos abraçamos, no entanto, conhecemos a principal verdade: nossos sentimentos são reais e verdadeiros.

Há coisas que não sei como expressar para você, porque não quero machucá-la. Preciso expressar mais quando temo a chegada de problemas e os receio mais quando sinto você em ansiedade.

Estes últimos meses foram muito difíceis e precisamos conversar cada vez mais abertamente, mas estou sendo cuidadoso pelos motivos que mencionei e outros. Primeiro, porque você não é super forte como deseja acreditar. E segundo, porque te amo e só me importo com a sua felicidade. Portanto, expressarei preocupações apenas se sentir que existem rochas bloqueando o que ambos queremos realizar juntos.

17ª Carta - O Que Sentes

31 **Maio 2010 - 12:26**

Entendo como você se sente, mas isso não corrige suas ações. O que você sente é muito normal e todo mundo tem problemas em seus relacionamentos. Somente aqueles que não sentem nada um pelo outro se comportarão de uma maneira que não mostrará dificuldades para entender e seguir adiante. Como você, também tenho o direito de me sentir mal com palavras e ações. Acredito que a solução para isso é falar sobre os problemas e seguir em frente, caso contrário, não se trata de nós, mas cada um de nós, pois as razões persistirão dentro de nós. Mas não criamos problemas. Nós os acordamos. Se amamos pela primeira vez, despertamos emoções profundas pela primeira vez como parte do crescimento. A solução não é desrespeitar um ao outro, evitando conversas e vendo que isso traz mais sofrimento para o futuro, porque ambos sabemos que não é o que queremos.

Esta semana estou aqui, mas na próxima semana terei muito menos tempo novamente. Não vamos desperdiçar! Estou dando oportunidades para a relação. Não se comporte comigo como se fosse apenas mais um homem em sua vida, porque tenho certeza de que não devo ser comparado aos outros que você teve!

Toda vez que você faz isso, continua se comportando de maneiras que eu simplesmente não entendo, pois não combinam com o que eu faço. Eu não funciono como você, mas te conheço. Estou falando estas palavras para você entender; Eu não estou jogando jogos. Falo muito sério quando falo com você. Espero que você entenda isso, e espero que você possa me ajudar a parar o que começou ontem.

Você disse que me ama. Eu também te amo! Isso é suficiente para mim, se é o suficiente para você. Porque acredito que com isso vem o resto. É isso que acredito em você e em nós. Tente respeitar, por favor!

18ª Carta - A Necessidade de Controlar

31 **Maio 2010 - 13:35**
No começo, você terminou nosso relacionamento muitas vezes e depois pediu desculpas. Depois de terminar, você veio chorando para ficar comigo. Então passou dois meses me tratando como lixo e dizendo que não queria mais o relacionamento.

Quando você voltou para este país, estava com tanto medo de me perder que me telefonava todos os dias. Voltei para você porque acredito em você e porque depois de tudo que você fez, louco ou não, ainda te amo.

Neste país, novamente, você terminou o relacionamento muitas vezes. Quando comecei a me afastar, você tentou me reconquistar e, se não pudesse, passaria fome e não dormia. Então, outra briga veio, desta vez maior, com agressões físicas da sua parte, mas quando perdi meu emprego, você percebeu que poderia me perder para sempre, então voltamos a ficar juntos. Com a nova oportunidade que recebi, as coisas pareciam estáveis, e mais uma vez tivemos brigas, mas como não passamos um tempo juntos, você queria terminar as brigas rapidamente. Agora tenho uma semana livre e você termina o relacionamento no primeiro dia, ironicamente, depois de dizer que não esperava mais nada e não queria que eu fosse embora; Além disso, depois de começar dizendo, e cito, "Quero deixar você, mas não consigo".

Você pode acreditar que estou analisando você, enquanto acredito que estou tentando entender você, para poder ver como você quer ser amada, porque, como as lutas continuaram, seus motivos mudavam toda vez que eu eliminava o problema.

1º brigamos porque você tem medo de me perder;

2º brigamos porque você acha que tenho vergonha de mostrar uma namorada mais velha para minha família e colegas no campus;

3º brigamos porque reclamo do seu comportamento o tempo todo;

4º brigamos porque você acredita que quero mudar você;

5º brigamos porque não escuto você;

6º brigamos porque brigamos o tempo todo (humm, confuso, não é?);

7º brigamos porque me sinto inseguro no relacionamento (e uau, isso levou dois meses, talvez porque você tenha tanto medo de me perder, eu acredito);

8º brigamos porque você acredita que sou agressivo e posso machucá-la (interessante, porque você é fisicamente agressiva e, aparentemente, de acordo com suas próprias palavras, não pela primeira vez);

9º brigamos porque digo palavrões a você;

10º brigamos porque eu não me expresso (Uau! Que mudança!);

11º brigamos porque você acha que eu não sou romântico;

12º brigamos porque você acha que eu não estou me importando;

13º brigamos porque você é infeliz;

14º brigamos porque você me acha infeliz;

15º o relacionamento se tornou tão bobo que agora você briga comigo quando não nos beijamos.

Mas sim, fomos muito felizes. Nos dias em que você acreditava que poderíamos ser felizes sem brigas. Naqueles dias, os sonhos estavam se tornando realidade porque nós dois não queríamos brigar.

Eu tentei mostrar isso várias vezes, mas você tem muito medo de acreditar. Para você, um relacionamento é uma guerra pelo controle (e me pergunto quem foram os idiotas anteriores que estragaram seu cérebro a respeito de amar na vida), pois você tem medo de ser controlada e precisa de poder o tempo todo. Pelo que, você se surpreendeu quando não funciona como esperava e depois diz que a outra pessoa é confusa.

No primeiro dia em que nos beijamos, você não queria me beijar. Agradeço a porta que não se abriu pelo beijo que não queria tomar à força. No segundo dia, quando estávamos namorando, você queria terminar o relacionamento.

Não estou te julgando porque te amo e sei que todos podem cometer erros. Também não sou perfeito e posso machucar, assim como você. Entendo que você teve uma vida muito difícil e, ao mesmo tempo, também entendo que é porque sua vida era tão difícil que você aprendeu a sobreviver de uma maneira incomum, o que permite que seja melhor em algumas coisas e pior em outras.

Admiro o que você conseguiu em sua vida e admiro sua coragem na vida, dedicação ao trabalho e vontade de ter sucesso. Quando te conheci foi como um sonho se tornando realidade. Ainda melhor que isso, pois fiquei tão impressionado com o fato de termos sido uma combinação perfeita. Eu estava muito empolgado com isso e me permiti seguir em frente sem pensar duas vezes. Eu fiz por você o que nunca fiz antes por ninguém.

Depois vi você usando sua inteligência contra si mesma. Tentei ajudar e minha ajuda se voltou contra mim, pois você me culpou por fazer você se sentir mal. Mas aprendi muito neste relacionamento e de muitas fontes diferentes. Conectei o que já sabia e, quando vi minhas previsões se realizarem, sabia que minhas teorias estavam corretas.

Eu me ajudei o máximo que pude e mudei muito para não lhe causar mais dor, mas se sua dor não encontra correspondência em minhas ações, encontra-a agora em minhas inações. Ou seja, se te beijar, mas não perguntar o que você fez durante o dia, ou se perguntar, mas não beijar, ou se eu perguntar sobre hoje, mas não ontem, ou se eu simplesmente esquecer, tudo é válido como razão para me culpar por sua infelicidade.

Não sou analista e nem psicólogo. Eu apenas observo. Sinto o que vejo e nos sentimentos recebo as respostas.

Você até acredita que as flores podem sobreviver comigo por um mês inteiro ou mais, ao contrário do fato de que morrem com você depois de uma semana, porque absorvem minha energia negativa e vivem disso. É incrível ver o quanto você muda a realidade para atender às suas necessidades. Você precisa acreditar que sou a fonte de sua dor e precisa acreditar que iremos brigar para sempre; Você precisa acreditar que nunca podemos ficar juntos.

Eu deixei você ir o mais longe possível dentro de mim e ajudei você a ser o mais feliz possível, mas, em vez de usar isso para acreditar em mim, você se forçou a acreditar que está infeliz. E é por minha causa? Você está infeliz, mas não por minha causa. Lembre-se das suas palavras há semanas atrás: "Quando todos os alunos me mostraram admiração, senti um enorme vazio por dentro e muita dor. Acredito que comecei a perceber isso com você, pois ao amá-lo, percebi que sentia dor dentro de mim".

Você se lembra do que eu te disse? Eu disse: "É mantendo-se amando além da dor que a dor se transforma em amor".

Muito antes de isso acontecer com você, eu já sabia. É a dor de ser exorcizada com amor verdadeiro. A luz sempre cria dor. É a dor da exposição. Quando expomos nossas fraquezas, nossa raiva, nossos pensamentos mais profundos, sentimos medo. O medo vem de experiências de dor, e dor significa morte. Portanto, se quem traz luz traz dor, a luz se torna morte para quem sofre.

A conquista mais surpreendente da vida ocorre quando podemos amar além da dor.

Você me deu dor porque sentiu dor. Eu te dei dor porque senti dor. Esse ciclo se repetiu até que eu o parei dentro de mim, pois queria te amar além da dor. Quando consegui, você fugiu porque se sentiu sozinha em sua dor.

Eu não estou lhe dando dor. Você sente dor comigo por outras razões. A verdade é que, se puder lidar com a dor, ela diminuirá o poder lentamente com o tempo, até que não sinta mais dor. Nesse momento, você verá facilmente nosso relacionamento com alegria, se divertirá e se sentirá abençoada por dentro. Este é um fato universal que estou compartilhando e provando que existe para ser visto. Nosso relacionamento se tornou melhor, mas você vive em contradição.

Só lhe pedi uma coisa durante todos esses nove meses: não termine comigo. O que você fez? Você começou a fazer isso quase todos os dias. Então você ficou com medo das brigas que criou.

Ontem, eu lhe dei uma escolha mais uma vez e, mais uma vez, você escolheu a ação negativa.

Eu esperava que você fizesse algo diferente por nove meses e teria respeitado você se pudesse manter o relacionamento por pelo menos um mês sem dizer "eu desisto".

Não sei quanto mais posso te amar. Não é amor quando você me dá dor com palavras escolhidas para magoar, ou quando você desiste. Não acredito que você queira desistir, mas precisa que eu acredite. O problema é que, se eu fizer isso, você não me verá mais.

Eu já lhe mostrei isso antes e é por isso que você não conseguiu mais me contactar depois de voltar a este país em fevereiro. Um dia, a vida colocará uma grande barreira entre nós e, nesse dia, mesmo que eu queira, não poderei mais fazer nada pelo relacionamento.

Tudo começou quando perdi meu emprego aqui, e agora só vejo você às segundas e quintas-feiras. Poderia ser pior; poderia ser melhor. Seus pensamentos e ações estão criando isso. Se você não quer que eu acredite em nós, o processo continuará. É assim que a vida funciona. Quanto a mim, estou aceitando isso, mas quero amar você ao mesmo tempo.

Tenho certeza que você não seria tão aberta se eu terminasse com você milhares de vezes, se dissesse que não te amo por oito meses, dizendo que é um sentimento louco que desaparecerá ou apenas algo que nós trouxemos de vidas passadas.

O que estou fazendo hoje, mais uma vez, está ajudando você a acordar pelo que temos enquanto o tempo estiver do nosso lado. Se você não pode vê-lo, sinto muito e adeus.

Foram oito meses para aceitar que você me ama. Quanto mais tempo e dor para aceitar que você quer me amar?

Sinto-me sozinho e com dores enquanto me preocupo com você e me dediquei completamente ao relacionamento para provar a você o quanto quero você na minha vida. Depois de todas essas provas, é como se elas não tivessem significado para você.

19ª Carta - Não Por Minha Culpa

07 **Junho 2010 - 07:10**

Este relacionamento foi difícil para você, mas não por minha causa. Nosso relacionamento é de ouro. Temos tudo para criar qualquer coisa. Mas você se separa desta incrível oportunidade da vida.

Eu poderia respeitá-la, mas não posso apagar os sentimentos que tenho, pois são mais fortes que eu.

Não te peço nada! Eu sinto com você e é muito forte. Mais forte do que eu posso suportar. Então, prefiro ter dor do que separar esse amor de mim. Mesmo que amar signifique ter dor, eu escolho amar. E se você me deixar, que deixe; se você me machuca, que machuque. Então, faça o que quiser, mas não vou bloquear meu coração!

O inferno e o céu podem entrar em mim para criar uma guerra enorme. Eu não darei importância a isso. Abrirei meu coração para você até que não tenha mais força dentro de mim. Eu escolho amar com todas as consequências disso e não vou desistir de amar.

Viaje para outro planeta, se quiser, pare de falar comigo, se quiser. Eu vou te amar até o fim.

A dor que sinto neste relacionamento é a dor da fé, por enxergar além da realidade. Você fica com dor, mas estou olhando para a frente. Não devo aceitar suas decisões porque elas não são suas e um dia você perceberá.

Não faz mais sentido escrever se você não lê ou lê o que quer em minhas palavras, mas quero lhe dizer: Eu sei por que temos brigas e você também; Eu nunca disse coisas ruins para você, mas você não quer resolver seus próprios problemas; portanto, sempre lerá o que deseja, sem conhecer o objetivo exato dos textos que lhe envio. Algo aconteceu durante nossas férias separadas em janeiro e fevereiro e, se você está terminando comigo, seria justo se pelo menos você me dissesse tudo, em vez de apenas culpar o relacionamento; Você pode sentir muito remorso e ressentimento para voltar ao relacionamento, mas pode fazê-lo se puder perdoar a si mesma, como eu perdoava tudo o tempo todo. Você sabe que a única maneira de resolver sua vida, incluindo seus problemas de saúde, é aceitando o amor e amando abertamente, sem expectativas. Você pode optar por começar do nível zero com outra pessoa, mas a vida não funciona dessa maneira e é uma atitude muito egoísta que você aprenderá no futuro, fazendo com que outras pessoas façam isso com você.

Eu sei que você pode mudar porque sei como você foi por esse caminho, mas isso leva tempo. Você não pode desconstruir em um dia o que foi construído em nove meses. Não estou pedindo para você voltar para mim. Estou pedindo para você não desistir de nós, não desistir da vida. Você está jogando muitos jogos que voltarão para você. Você gosta de me ver enviando muitas mensagens porque isso faz você se sentir mais importante e desejada, mas um dia isso irá parar. Não é errado me ver e me beijar, mas é errado quando você finge que não quer o relacionamento. Você mente tanto que me pergunto se consegue ver o que é verdade.

Saiba o seguinte: toda vez que mentir para alguém, você encontrará um motivo para não ver essa pessoa, pois isso obriga a confrontar sua própria culpa. Então, quando você não tem escolha, encontrará algo para justificar a mentira. Se a outra pessoa é má com você, a mentira é justificada e sua consciência fica livre. É fácil culpar a parte não culpada e terminar um relacionamento.

Você não aguenta mais porque muitas mentiras tornaram insuportável aceitá-lo. A consciência do mal é muito pesada, por isso você precisa culpar em níveis mais altos.

Você pode ir tão longe nessa atitude que até muda de papel. Ontem, por exemplo, você decidiu que sou eu quem não pode receber amor.

Você nunca para de surpreender com essa imaginação. Se você pudesse admitir todas as coisas ruins que fez, nosso relacionamento voltaria a 100%, e o incrível é que eu posso perdoar tudo; além disso, a maioria das coisas, já sei Por exemplo:

Nr.1: Você nunca foi comprar os ingressos para as nossas férias;

Nr.2: Pelo menos uma noite, você parou minha respiração para me acordar porque não conseguia dormir;

Nr.3: Há muito tempo, quando eu estava vendo minha conta bancária, você espionou minhas informações para ver o quanto eu tinha no banco;

Nr.4 Muitas vezes, você viu os arquivos no meu computador.

O que estou fazendo quando peço coisas simples como essa não é julgar, mas você tem muito medo de todos. Você acredita que é independente, mas não é. Você está só e confortável com a solidão. Você pode ser muito inteligente, mas é inútil, pois seu cérebro perde muita energia em autoproteção e mentiras. Você tem muito medo de se perder, mas um mundo incrível se abriria para você, se pudesse.

Estou lhe dando o que vejo para que você não perca mais tempo em sua vida. Acredito que você esteja muito envolvida em seus próprios jogos mentais e, quando encontra alguém como eu, sendo honesto e falando o que pensa, isso se torna confuso para você.

Você pode jogar pelo resto da sua vida, mas não vejo o objetivo disso.

É importante que me faça acreditar que estou errado, mas não estou. Você muda de idéia como o vento muda seu caminho, mas eu nunca iria com você para outro país sem emprego. Como posso arriscar minha vida com uma pessoa que acaba com um relacionamento em menos de uma semana, toda semana? Acredito que é justo que você vá embora, porque não poderia lhe dar o que você quer. Você quer um homem a seus pés, luxo e independência sem nenhuma responsabilidade. Curiosamente, você também deseja um filho, mas se você não pode se comprometer com uma pessoa, como você pode se comprometer com uma criança? Você poderia amar esse ser humano para sempre?

Eu dei a você todos os meus pensamentos e você se esconde o máximo que pode, portanto, sim, essa contradição nunca funcionaria. Apenas há uma semana atrás você me fez sentir como uma prostituta, e acho que você se vingou de outros homens usando-me. Estou feliz por poder ajudar!

Quando te conheci, vi uma garota assustada que queria amor mágico com uma espada e um escudo. Você pode pensar que é uma mulher forte e independente, mas não é o que vejo. Eu vejo uma garotinha com capacete, espada e escudo, procurando amor em uma batalha.

Você pode criar todas as histórias que quiser sobre quem eu sou e por que me deixou, mas um dia na vida ou na morte verá uma verdade que nunca poderá imaginar.

Enquanto isso, eu apreciaria se você não me odiasse, ou usasse palavrões para me descrever ou me fizesse sentir culpado por suas próprias decisões. Ninguém vive para sempre, mas eu vou morrer com uma consciência limpa e sem carma sobre tudo isto, pelo menos.

20ª Carta - Acreditando Na Paz

08 **Junho 2010 - 14:08**
Que você encontre sua paz e felicidade como agora estou aprendendo a encontrar a minha!

Você partiu meu coração mais de trinta e oito vezes em nove meses, e acho que não consigo mais senti-lo.

Não me separo porque respeito você. Quando você termina com alguém, você machuca muito a outra pessoa e isso não é justo. Além disso, ser ferido não é uma razão razoável para terminar um relacionamento, mas você é imatura demais para entender isso. Você termina comigo uma média de uma vez por semana. Isso chega a trinta e oito vezes em nove meses.

Você me rejeitou toda vez que tentei falar com você sobre o que está acontecendo, para ajudá-la, para tentar entender as razões de nossos problemas. Você realmente acredita que não aceito responsabilidades? Ou precisa que eu me sinta culpado para você ter um fardo mais leve?

Você diz que me ajudou a escrever mais, e é verdade que me ajudou muito com a minha escrita no começo, mas também disse que eu apenas "brinco com as palavras", que "desperdiço meu tempo em vez de trabalhar para as aulas", que é "inútil trabalhar por algo que não traz dinheiro de volta", entre muitas outras coisas.

Não culpo você por me influenciar a interromper a escrita; Eu sei que no começo você fez o oposto; Mas você nunca acreditou em minhas habilidades ou conhecimentos e me decepcionou muitas vezes usando o que eu escrevo.

Você diz que está tentando manter o relacionamento, mas as separações toda semana são o seu jeito de salvar o relacionamento? É acusando por cada coisinha, inclusive as do nosso passado distante, sua maneira de nos ajudar?

Não me diga que tomei suas esperanças e fé porque você nunca as teve e por isso não conseguiu lidar com o relacionamento. Você não é capaz de amar e é por isso que não pode sentir alegria comigo. Toda vez que sinto alegria, você a destrói; Toda vez que somos perfeitos, você encontra um motivo para destruir nossa perfeição.

O motivo da sua falta de alegria está dentro da sua cabeça, não dentro do seu coração, e com certeza não pode ser responsabilizado pelo relacionamento ou por mim. É comigo que você acordou para a verdadeira alegria. Leia a mensagem que você me enviou após o término, quando depois saiu com os novos professores de espanhol para se divertir e talvez tentar mudar de namorado, pois você decidiu naquela noite que não havia ninguém em sua vida. Nessa mensagem, você confessa que o motivo da sua falta de alegria é o seu próprio passado e o fato de não poder aceitar o amor.

Você acredita que nosso relacionamento acabou até que o desespero tomou conta de você e percebeu que a verdade da vida está além de suas decisões. É nesses momentos que você recebe a maior dor e as piores doenças. Você já devia saber.

Você nunca realmente olhou nos meus olhos, porque a sensação de despertar ao fazê-lo é muito forte para você.

Eu gostaria que pudesse dizer "obrigado" em vez de "este relacionamento acabou", porque isso limparia sua alma, resolveria todos os problemas e permitiria que o fluxo do amor continuasse em movimento, em vez de abrir os portões da dor e tristeza. Eu também gostaria que você aceitasse minhas desculpas toda vez que as oferecesse, porque traria o mesmo efeito, em vez de interpretar a mulher forte que é superior a todos os homens da terra, e me fazer dizer "por favor" por amar você e querer estar com você.

É porque acredito na minha felicidade com você que fiquei com você por nove meses. Não por sexo, porque quanto mais você me atacava, menos me sentia fisicamente atraído por você. Só o amor estava lá com a mesma força o tempo todo e esse amor me fazia feliz.

Você diz que se eu fizesse você se sentir como a coisa mais preciosa para mim, me faria sentir o homem mais sortudo do mundo, mas eu fiz isso e não deu certo. Entendi que muitas demandas atendidas estragam uma mulher e a tornam mais arrogante e egoísta. Então, minha teoria agora é que uma mulher que não pode me respeitar não deveria estar comigo.

INUMANA: CARTAS PARA UMA NARCISISTA

Agradeço por se preocupar comigo e gostaria que você tivesse feito isso antes, em vez de me rejeitar com ódio e me fazer desenvolver medos que antes não tinha.

Fiz o meu melhor para amar você e desculpe-me por ter falhado. Não me arrependo de amar você, pois não foi um erro, mas lamento que não tenha funcionado como sonhei.

21ª Carta - O Que Você Quer Ver

15 **Junho 2010 - 13:52**
É importante que você acredite que este relacionamento nunca funcionaria, que nós dois contribuímos para a destruição dele, a fim de estar consciente e livre de culpa e seguir em frente com sua vida sem a dor do arrependimento.

Eu posso ajudá-la, dando-lhe muitas teorias para provar o que você acredita e até construir uma prova lógica, dizendo que sou uma pessoa muito perigosa e má. É muito fácil fazê-lo! Mas isso não o tornaria realidade!

Você pode continuar pesquisando na Internet por informações e outras teorias que provam o que deseja ver, mas vê o que deseja ver e, se acredita que isso é verdade, é verdade para você!

Você é uma pessoa muito adorável, forte, motivada e inteligente que merece ser feliz e estar em paz com a vida! Não se culpe pelo que aconteceu entre nós! Foi amor de verdade? Sim. Não deu certo? Sim. Deixe-me no canto mais calmo e gentil do seu coração e estarei em paz com tudo o que experimentamos neste relacionamento! Não importa o que aconteceu, pois vou manter boas lembranças de você!

22ª Carta - Como Você Me Desiludiu

03 **Julho 2010 - 12:36**

De repente, tudo fez sentido e, mesmo que todos, inclusive você, estivessem me dizendo que eu estava namorando uma mulher louca, para mim, não há loucura sem uma lógica que a tenha produzido e seja capaz de fazer o contrário, trazendo a situação de volta à sanidade. Essa lógica estava faltando, para combinar todas as peças do quebra-cabeça. Eu tinha certeza de que havia alguém em sua vida, mas não conseguia imaginar algo como o que você me contou. Eu não podia acreditar, mas fazia sentido. Eu só tinha que esperar você dizer isso.

Durante todo esse tempo, mesmo que você não tenha dito, todo o seu comportamento provou que isso era verdade. Inclusive quando olhei nos seus olhos e perguntei a verdade sobre por que você queria estar em outro país, longe de mim, e mentiu com todo o seu corpo e os músculos mais finos.

Antes de me conhecer, você tinha planos de se mudar para a França e se casar, mas, como teve um derrame, tudo mudou, e então você precisava repensar sua vida. Você se mudou para um novo país por esse motivo, mas não esperava se apaixonar por outra pessoa - eu, e, como ainda tinha planos de se casar, se apressou em interromper nosso relacionamento no dia seguinte, depois de o começar.

A confusão de sentimentos fez você ficar no meio, e a necessidade de esconder isso fez você criar problemas, a fim de me fazer ficar longe de você. Você precisava de desculpas para terminar tudo, pois seus sentimentos não a deixavam fazer isso. Você precisava provar que eu era uma pessoa má para limpar sua consciência de culpada. E para isso, você tentou de tudo. Por dez meses, muitas razões foram levadas em consideração para me analisar, mas eu fui muito bom, pois você não recebeu nenhuma reação ruim, nem mesmo um tapa depois de me chutar dezenas de vezes. Isso a deixou completamente louca, pois aumentou a quantidade de culpa dentro de você, não apenas pelo que você fez com outra pessoa, mas também pelo que você está fazendo agora comigo. Você teve problemas cardíacos novamente e a morte bateu à porta mais uma vez, porque quando você machucou um homem de paz, machucou-se com uma doença. É a vontade da alma de deixar um corpo culpado, deixar uma mente com dor. Você pode chamar isso de destino, mas não há destino sem um caminho.

Talvez sair com outros homens durante um relacionamento seja normal para você e talvez também seja separara-se de seu companheiro, mas foi fazendo isso que você destruiu um futuro casamento.

Não quero ser o segundo a passar por essa experiência e, como você fez com os outros, acredito que pode fazer isso comigo. Você já me machucou o suficiente e eu não sou uma mercadoria para ser comparado aos seus ex-namorados ou esperar pela sua aprovação.

Você disse um dia que meu amor por você mudaria. Você fez isso mudar, quando entrou na minha vida e se tornou meu mundo, e em dez meses transformou meu paraíso em ruínas.

Você não pode vê-lo, pois ainda se comporta como sempre, mas não sou mais o mesmo e não olho para você como antes. Você nunca vai me receber de volta com sua arrogância, superioridade de comportamento, apelo sexual ou o que você ainda acredita estar funcionando comigo ou com outros homens.

A única maneira de acreditar em você novamente é se você se tornar completamente honesta, mas com tantas mentiras, como posso confiar em você? Você até disse: "Não acredito em honestidade. Honestidade não é boa". Como é possível construir um futuro com alguém que diz isso? Em todas as suas mensagens você fica dizendo ...

— "Espero que você esteja bem";

— "Estou preocupada com você";

— "Boa noite".

Mas gostaria que você pudesse ter aberto seu coração e dizer: "Eu te amo; Não quero te perder; Me desculpe pelo que fiz; Deixe-me ficar com você; Você é o homem que eu quero na minha vida."

INUMANA: CARTAS PARA UMA NARCISISTA

Mas você não pode fazer isso. Você tenta me fazer ir até você em vez de abaixar suas armas e simplesmente bater na minha porta como eu fiz com você tantas vezes.

Eu separo meu ego para você o tempo todo, mas você não pode fazer isso por mim. No seu egoísmo, você espera que eu faça isso o tempo todo.

Enquanto você mente, eu não olho mais nos seus olhos. Eu queria acreditar em você e lhe dei dez meses de meu amor, mas você o usou sem considerar meus sentimentos ou respeito por mim. Você se lembrou de mim apenas na sua solidão e me afastou quando quiz. Você não mostra respeito pela vida.

Acredito na verdade universal, acredito na honestidade, acredito no amor eterno e acredito na felicidade completa. Acredito que a vida lhe deu uma segunda opção, mas você está muito dentro do seu próprio orgulho e egoísmo para vê-la.

Economize dinheiro para o seu casamento e case-se com alguém corajoso o suficiente para esperar por você enquanto lhe der a felicidade que você é capaz de aceitar. Não vou esperar por você como os outros em sua vida, mas lembrarei de você para sempre. Talvez nos vejamos na próxima vida e aí você se torne minha esposa.

23ª Carta - O Que o Amor É

08 **Julho 2010 - 21:43**
Hoje você me perguntou: — "Você me ama?"

Se eu dissesse "sim", teria me mostrado um emprego que você encontrou na cidade vizinha, perto de você, mas porque na sua pressão com uma pergunta sem sentido eu disse que não, você decidiu me dizer que eu perderia você e o emprego que encontrou, pois nunca me contaria nada.

Você realmente acredita que essa é a maneira de respeitar a pessoa com quem você deveria se importar? Quando você ama, não pede para ser amada de volta e não chantageia seu parceiro por amor. Você não tem idéia do que é amor e depois culpa os outros pelo que faz; uma manipulação na qual derruba a outra pessoa sem levar em consideração seus sentimentos ou sua vida.

Não vou mudar só porque você quer. Não me dê mais dor antes de ir embora, só porque você está a sofrer! Você não pode exigir amor e não pode vir à minha casa e perguntar: "Você me ama ou não?"; "Você vai esquecer o passado?"

Passei oito meses com uma pessoa que disse que não me amava e te amei de todo o coração, sem esperar nada em troca. Eu estava te respeitando, mesmo que acreditasse que você me amasse e com muito medo de admitir.

Você quer que eu diga "eu te amo" em três dias fingindo ser alguém que você não é, depois de eu te amar por dez meses até você matar todas as emoções dentro de mim.

Você não consegue respeitar meus sentimentos ou assumir sua responsabilidade nessa situação. Você apenas exige o tempo todo. Você acredita que o mundo inteiro existe para atendê-la e até o amor deve estar disponível quando você quiser, mas não funciona assim. O amor pode ter chegado à sua vida, mas é sua responsabilidade mantê-lo e nutri-lo, e o que você fez foi o contrário.

Você tinha uma pessoa que a adorava com todo o coração e com os olhos em você e você lutou por dez meses para destruir tudo. Agora exige que esse amor volte só porque você quer? Não vai voltar assim. Você deve fazê-lo crescer novamente a partir da raiz da enorme árvore que destruiu e esperar. Leva tempo e paciência, pois é muito mais fácil destruir, mesmo que esse amor fosse tão forte que demorou dez meses para finalmente ser derrubado.

Como já lhe disse antes e muitas vezes, mantendo-nos separados, a vida nos separaria tanto que, mesmo que eu quisesse, não seria capaz de fazer nada para consertar o que sucedeu. Isto é o que aconteceu! No entanto, a barreira que você criou não é apenas a separação física, mas também dentro do meu coração e do meu cérebro. Com todas as suas manipulações e mentiras, com todas as traições, a dor transformou meu cérebro de uma maneira que tornou tudo muito mais difícil de superar do que jamais poderia imaginar. Você me deu tanta dor que estou completamente pronto agora para deixar você partir. Depois de tanto "acabou" e "eu não te amo", o que mais poderia ser novo? Eu te dei todo meu amor com todo meu coração e minha vida enquanto você me afastava e ficava dizendo "eu não te amo".

Eu escolhi não parar de te amar, e então a vida, a fim de me proteger, fez o que a natureza deveria fazer mudando minha natureza. O amor por você mudou. Você decidiu sua vida, encontrou um novo emprego e enviou suas coisas por correio para o novo local onde você vai morar. No final, você quer me trazer como se eu fosse algum tipo de mobília.

Você me colocou em último o tempo todo e ainda o faz. Você planejou sua vida sem mim. Você me desrespeitou completamente, disse as piores coisas que pode dizer a uma pessoa que cuida de você, me expulsou dezenas de vezes, disse que não me amava centenas de vezes e, basicamente, você me fez sofrer muito por amar você. Há coisas que você faz que são muito más e eu nunca faria.

Quando vim a sua casa, você deveria dizer: "Amo você e quero estar com você. Ficaria feliz se você aceitar esse trabalho na cidade para onde vou, mesmo que não estejamos juntos, pois aprecio muito sua companhia e continuarei sonhando até o dia em que estaremos juntos novamente."

Mas, em vez disso, você usou tudo como chantagem e, no final de fingir ter mudado, era como se estivesse dizendo: "Você não diz o que eu quero, por isso vou fazer você sofrer! Olha, eu tinha isso para você e agora não dou a você!"

Isso é muito triste para mim, porque faz você parecer muito egoísta e rude. Parece que você tentou me manipular e também prova que você está sempre tentando me controlar e me punir. Você é vingativa com quem mais se importa. Eu nunca planejaria nenhuma vingança contra você e é doentio pensar nisso.

Há coisas em você que eu nunca faria porque elas não são da minha natureza. Eu nunca repetiria seus comportamentos para fazer você sentir a dor que você me faz sentir e nunca manipularia você para ver se você confia em mim ou não. Ao me fazer sentir raiva (quando você me derruba) e dor (quando você me manda embora) o tempo todo, você me torna uma pessoa muito triste.

Você quer um milagre agora? Não me venha pedir por isso. Vá rezar! Espero que você possa encontrar a sua felicidade e, se possível, o homem dos seus sonhos!

Se, como você disse, sou o único que fez você reagir assim em um relacionamento, não deve ser difícil encontrar alguém que possa fazer você reagir normalmente e, dessa forma, ajudá-la a ser feliz.

24ª Carta - O Que Não Vou Dizer

09 **Julho 2010 - 11:42**
Não direi mais nada e não deveria ter dito nada antes, pois você só pode me amar quando estou em silêncio e somente quando longe da sua vida isso se torna uma evidência. Entre a amargura da minha presença e o amor da minha ausência, escolho ser lembrado e esquecido, como uma flor que demonstrou amor e com ela se apodreceu. Vá em paz!

25ª Carta - Lógica Auto-Destrutiva

11 **Julho 2010 - 19:31**

Você parece ter uma lógica autodestrutiva muito boa, ansiosa por conhecimento que possa fortalecer a fonte dessa singularidade e, dessa maneira, criar uma segurança ilusória que não leva a lugar nenhum.

No final, o conhecimento pode ser tomado com um objetivo simples: você faz bem ou mal. Se você não está satisfeita com o resultado, não pode ser bom. Se você acredita que isso lhe traz felicidade, tudo o que posso dizer é: Que você seja feliz sem mim!

Estar certo pode ser a coisa mais importante para alguém que esteve errada muitas vezes; Acreditar que os erros fazem sentido pode ser a coisa mais importante para alguém que sofreu muito com eles; Mas, na verdade, o mais importante da vida é ser feliz, e isso significa admitir que estamos apreciando o caminho errado, pois não conhecíamos nenhum outro.

É fácil encontrar a imperfeição no que é perfeito, mas a sede de imperfeição vem de uma mente indisposta a ver a perfeição, porque se reforça com a imperfeição como uma maneira de criar mais realidade em seu mundo único.

Sempre conseguimos mais do que vemos. Sua necessidade de estar certa a afastará para sempre, mas você continuará lutando por isso até o fim, e isso lhe dará um significado para viver, mesmo que ilusório. Um dia, desesperada, você encontrará uma teoria que comprova a inexistência do amor ou de almas gêmeas, a fim de obter paz e você a terá, sem amor!

Não há sacrifício no que tem um significado importante além do próprio sacrifício e isso você nunca entenderá. Ao usar o que você sabe sobre minha vida contra mim, criou sua própria prisão de dor e é por isso que está sofrendo e com falta de paz. É a incapacidade de ouvir adequadamente o coração.

26ª Carta - Até Que a Morte Te Separe

12 **Julho 2010 - 09:38**
Você me provou que meu comportamento estava correto e que mais uma vez tentou me manipular, dessa vez fingindo ser uma pessoa legal que realmente não quer ser.

Fiquei feliz com a mulher que vi nos últimos dias, até o momento em que ela exigiu meu amor como um preço a pagar por seus esforços, pois ela não fez isso de seu coração, mas a necessidade de controlar minhas emoções.

Ver o quanto você coloca seu orgulho e vontade de vencer diante de algo tão profundo quanto emoções mútuas me deixa triste por você, mas, pelo menos, mesmo que não possa amar, recebe esse amor há dez meses.

Você não deveria ter reagido assim às minhas aberturas ontem, mas cabe a você vencer até que a morte termine consigo, entre muitas outras idéias e frases-chave em sua mente subconsciente que espero que você possa encontrar, entender e apagar, para parar de sabotar sua própria felicidade. Espero que você tenha aprendido algo com este relacionamento e que pode ser usado para ajudar você e sua vida.

Suas atitudes me mostram que estou me comportando da maneira certa, portanto tudo o que posso dizer é adeus e boa sorte!

27ª Carta - O Que Eu Desejo

12 Julho 2010 - 15:19
Você realmente sabe o que eu quero? Talvez seja muito mais simples do que pensa; Talvez seja tão simples que você realmente não precise fazer nada a respeito, pois pode muito bem ser o que você também deseja. Se você acredita que a vida tem que ser difícil, perde as coisas bonitas das suas mãos só porque são simples. Mas vou lhe dizer o que espero de uma mulher apaixonada por mim:

- Compromisso: ela nunca desiste de mim, mesmo que sinta dor ou raiva. Ela nunca vai terminar comigo ou me evitar por causa de momentos dolorosos. Ela encontrará uma maneira de lidar com eles e resolvê-los dentro do relacionamento, para que um momento não destrua tudo;

- Persistência: como ela acredita em nosso amor, tenta ficar comigo sem jogar nenhum jogo. Ela não vai desistir do relacionamento;

- Palavras claras: Ela dirá "eu te amo", "sinto sua falta", "quero estar com você" e não algo intermediário;

- Respeito: Ela não brinca com meus sentimentos testando minhas reações às provocações dela, mesmo que seja uma pessoa insegura e precise disso. Em vez disso, ela vai me respeitar e confiar em mim. Se tiver dúvidas, fará perguntas. Ela não me provoca o tempo todo e me machuca apenas para obter as informações que deseja;

• Honestidade: Ela dirá a verdade e espera que eu faça o mesmo;

• Plano comum: Ela fará o possível para viver comigo e criar uma vida comum, não importa o que aconteça;

• Regra de Ouro: Ela não fará comigo o que ela não quer que eu faça com ela — atitudes ciumentas; comportamento competitivo; esconder planos; etc.

Se eu vir todas essas coisas, vou me casar com ela com certeza, porque não preciso muito além do amor. Só para saber que esse amor está funcionando. Se você pensar sobre isso, é o que eu fiz para você o tempo todo:

• Compromisso: Nunca terminei com você e sempre tentei superar meus sentimentos sozinho. Depois disso, tudo que queria era estar com você e não desistiria até ter você em meus braços novamente, não importa o que você dissesse; Para mim, o amor é total compromisso com a vida e posso parecer antiquado, mas posso fazê-lo e, portanto, o exijo;

• Persistência: Depois de tudo o que fiz para estar com você, não deveria haver mais dúvidas sobre esse assunto;

• Palavras claras: sempre fui muito claro sobre meus sentimentos em relação a você;

• Respeito: É difícil respeitar uma mulher que se orgulha de dizer que teve muitos namorados e teve sexo com muitos homens só por diversão, entre muitas outras coisas que você faz e diz. Mas respeito quem você é e fiz um esforço para entendê-la, fazendo as perguntas que precisava e acreditando em você;

• Honestidade: Tento dizer a verdade e sempre, mas é difícil fazê-lo com alguém que acredita que reter informações é uma vantagem;

- Plano comum: você sempre decide sua vida inteira sem me fazer perguntas e, no final, espera que eu entenda. Você pode ser vista como tendo atitudes de uma mulher independente, mas as mulheres independentes acabam sozinhas. É por isso que eles são chamadas de "independentes". Eu sou o oposto, sempre tentando fazer planos para ambos. Você pode estar se sentindo triste ou sozinha, mas o fato é que você não planeja com a outra pessoa. Você se comporta de uma maneira muito egoísta.

- Regra de Ouro: Você deve pensar no que fez e me dizer se gostaria que lhe fizesse o mesmo. Pode aprender muito com este exercício.

Eu acreditei em você, mas não sei o quanto você acredita em si mesma. Porque na verdade você conheceu uma pessoa muito saudável e procura me destruir apenas para sentir tranquilidade consigo mesma. Mas o amor exige um mudar do interior para criar paz na relação. Se você fizer o contrário, ficará sem amor. É uma escolha, pelo que vou terminar com uma pergunta: quando você morrer, qual teria sido o propósito da sua vida?

28ª Carta - Mentiras

11 **Agosto 2010 - 14:59**
As mentiras que destruíram nosso relacionamento são a razão pela qual você se sente assim.

Em muitos momentos, você me culpou por coisas que não fiz e em muitos momentos você me confundiu dentro de sua própria confusão. Você brincou comigo para seu próprio entretenimento. Você me divertiu para se divertir.

Em um dia, você me censura por não ter me importado o suficiente, em outro dia você diz que eu não presto atenção em você, e então você me censura por não ser romântico e, entre todas as justificativas, age com a ação menos justificável de tudo: você me deixa.

Não sou só eu que você abandona. Você está abandonando principalmente a si mesma.

Você disse que me ama, disse que sou o homem da sua vida, disse que queria ficar comigo para sempre, disse que nosso relacionamento era diferente dos outros que você tinha no passado. Se tudo isso é verdade, por que você me deixa? Por que você se deixa?

Até o sexo se tornou um argumento para reclamações. Fomos de você dizendo que eu sou o melhor amante que você já teve até dizer que sexo comigo não é suficiente para agradar você. Onde a mentira termina ou começa?

Você mentiu sobre tantos assuntos que nenhum parece mais verdadeiro. No entanto, a maior mentira de todas é você decidir me deixar. Está me abandonando ou a si mesma? De quem você realmente está desistindo?

Você disse que seus relacionamentos anteriores foram melhores do que este, mas também disse que fui a melhor coisa que aconteceu na sua vida. De que tipo de coisa você está falando, afinal? Você é louca ou sou burro demais para não entender você? As duas possibilidades existem?

Você é uma mentirosa e mentiras destruíram nosso relacionamento. Por que você deveria dizer agora a verdade? A única verdade que vejo em você o tempo todo é a mesma que vi no primeiro dia em que te conheci: você não pode amar. Você é capaz de destruir e talvez tenha aprendido a amar isso. Você pode amar a dor.

Lembro-me da confiança e do sorriso que você demonstrou, mal escondendo, toda vez que causava dor. Você pode mentir sobre isso, mas não pode evitar o fato de que me machucou muitas vezes, seja qual for o motivo que possa dar a isso. Todo criminoso pode justificar seu comportamento, pelo menos, com sua insanidade, mas não há maior ato criminoso no mundo do que recusar o amor.

Não há nada mais bonito no mundo do que a unificação de dois seres que se completam quando juntos, porque nesta união eles encontram seu verdadeiro lar, dentro e fora de seus corações.

Você é a luz do meu mundo, a razão de eu viver e a razão pela qual meu amor flui em um fluxo interminável. Eu poderia deixar toda a minha vida para trás apenas para ter um beijo seu.

Você recusou a felicidade ao recusar-me. Você ganhou muito comigo e aprendeu muito, mas quando não havia mais nada a receber, ficou entediada e me culpou por estar entediada.

Hoje você me despreza e diz que te fiz infeliz. É verdade que desejei sua felicidade e não consegui alcançá-la, mas me pergunto se alguém já fez isso. A felicidade está em você ou em mim? Você me disse com certeza que me amar não era suficiente. Você disse que a felicidade é mais importante. Então, pergunto: que felicidade existe no mundo além de amar alguém?

Você disse que eu te amo mais do que você me ama. Discordo. Acredito que posso aceitar nosso amor mais do que você. Ou talvez eu deixe você me amar mais do que você me deixa te amar.

Se o amor não é suficiente para um ser humano, você acredita que devemos desejar o que apenas um deus deseja - a paz do nada. Mas como você é humana, na verdade o que deseja é a morte.

INUMANA: CARTAS PARA UMA NARCISISTA

Não é o meu amor que você recusa; você recusa a vida porque meu amor aumentou sua fé na felicidade. Eu não te traí tanto quanto você se traiu, porque, em todos os erros que cometi, nunca te abandonei. Você me forçou a deixá-la porque não reconhece que sou sua vida.

As sombras da morte obscurecem a clareza do seu pensamento. Do nada você veio e ao nada você retornará. Você é uma pessoa suicida com um coração pulando pela sobrevivência, uma morta-viva pedindo a esperança que você realmente não pode ver.

Em mim, você encontrou seu destino, mas, como nunca o viu, não conseguiu reconhecê-lo. Você sonha agora em ter uma realidade diferente, mas eu sou a sua realidade. Ao fugir de mim, você encontrará mais do mesmo: sua tristeza e vazio; e nessa dor você encontrará sua imagem — uma vampira desejando o que não pode ter: sentimentos.

Hoje sei que só precisava de uma coisa para resgatá-la: fazer você feliz; mas é possível fazer uma pessoa morta se sentir viva? O que eu digo sempre tem seu apoio, não porque você acredita em mim, mas porque quer que eu acredite em você. Você diz que um certo suéter não fica bem para mim, mas se eu escolher, você responde: "Eu sabia que ia dar certo. Eu queria ver se você também podia ver o mesmo."

Você me faz acreditar que está me oferecendo coisas, quando na verdade é apenas uma armadilha emocional para pedir em troca. Você sugere que eu passe férias com você na cidade em que vai trabalhar e, quando digo sim, sugere o contrário, porque na verdade você quer ver para onde estou indo e passar férias em um novo local. Você é uma mulher egoísta e manipuladora.

Se você me enganar duas mil vezes e eu não confiar em você, você dirá que não pode se comportar corretamente porque eu não confio em você. Quando você cria uma briga, espera que eu reaja. Se eu disser alguma coisa, você me evita e depois me repreende por não te beijar e abraçar. Você me decepcionou dizendo que, quando escrevo livros, estou apenas brincando com palavras, que o que escrevo é uma cópia das idéias das pessoas ou que apenas me inspiro e nada é meu. Você diz que não devo escrever se não sentir prazer e que, quando escrevo, não experimento a vida. Mas você tem inveja porque, quando começou a escrever, disse às pessoas que eu também era escritor sem dizer a elas que escrevi sobre o tema do amor. Você prefere dizer que só escrevi sobre assuntos educacionais porque, ao fazê-lo, você se liberta da responsabilidade. Você é ignorante, invejosa e egoísta!

29ª Carta - Amor Eterno

19 Agosto 2010 -17:48

Eu te amei como nunca amei ninguém em toda a minha vida. Eu te amei tanto que meu corpo reagiu como se estivesse enfrentando a morte toda vez que você se despedia de mim. Eu te amei mais do que minha família, que abandonei há anos sem pensar duas vezes. Eu te amei mais do que meus amigos, que abandonei também. Eu te amei mais do que a mim mesmo e, por isso, acordei de um sono profundo e depressivo.

Você entrou na minha vida como um anjo e naquele dia me senti como o homem mais sortudo e feliz do mundo. Com você me senti realizado na vida; Senti que tinha encontrado minha alma gêmea. Você me ajudou a encontrar alegria na vida e significados para viver. Não havia mais dúvidas na minha vida. Eu estava no caminho certo. Eu queria me casar com você o mais rápido possível e começar a criar uma vida junto com você. Eu estava pronto para ter filhos com você, construir um sonho e realizá-lo. Eu estava completamente dentro do meu sonho com você e estava te amando com cada célula do meu corpo. Mas, você disse que eu estava sufocando você com meu amor e essa foi a primeira grande dor que recebi, já que não podia lhe dar amor na mesma quantidade que senti. Depois disso, você começou a rejeitar meu amor de muitas maneiras diferentes, cada uma delas tão dolorosa como se alguém estivesse tirando a melhor parte de mim. Da tua boca o meu coração sofreu o ataque de muitas flechas.

- "Eu não te amo";
- "Em breve esse amor desaparecerá";
- "Todos os meus ex-namorados eram melhores que você";
- "Você me deixa infeliz";

- "Eu não confio em você";
- "Você é violento e agressivo";
- "Eu menti para você, não me importo com você e nunca te amei";
- "Você matou meu amor por você";
- "Você não é o homem que eu quero na minha vida";
- "Eu prefiro ter uma vida simples do que ter amor";
- "Prefiro ter um homem carinhoso do que um homem amoroso como você";
- "Você é imaturo! Eu quero um homem de verdade";
- "Sua ajuda me machucou";
- "Pareço uma pessoa morta graças a esse relacionamento com você";
- "Esse relacionamento está me deixando muito doente";
- "Como o meu, seu amor por mim se transformará em outra coisa";
- "Nós dois encontraremos alguém para amar e esse é o melhor para ambos";
- "Se eu ficar com você, ficarei infeliz a vida toda";
- "Você é malvado";
- "Você é um mentiroso";
- "Você é ganancioso";
- "Você é estranho";
- "Você é estupido";
- "Você é como minha mãe, que me deu a maior dor";
- "Eu sempre vou te machucar e não vou mudar";
- "Vou para outra cidade e não quero ver você lá";
- "Estou indo para outro país e talvez não te veja novamente";
- "Não acredito mais nesse relacionamento";
- "Serei feliz, mas não com você";
- "Eu quero que você encontre alguém para amar".

A violência física também foi com certeza uma grande flecha no meu peito, principalmente porque você justificou com minhas palavras, embora sempre tenha mostrado agressões de muitas outras formas.

Se você acredita que a agressão física é desculpável, pergunte aos que foram agressivos no seu passado por suas razões, pois tenho certeza de que todos têm seus próprios motivos.

INUMANA: CARTAS PARA UMA NARCISISTA

Você sempre foi infeliz comigo. Não importa o que eu fiz. Pois os motivos da sua rejeição sempre foram diferentes:

- Você não sabe como fazer amor comigo;
- Você não se importa comigo;
- Você não é romântico;
- Você não está interessado na minha vida;
- Você é muito egocêntrico;
- Você não se importa com meus problemas.

Entendo que, no final, você tentou mudar seu comportamento, mas não conseguiu. Você não me colocou mais fora de casa, mas de outra forma encontrou uma maneira de me tirar do seu ambiente o tempo todo. Você manteve as mentiras e as manipulações e foi por isso que me senti afundando na minha falta de esperança em vez de subir mais, pois não via mais razão para acreditar. A continuação de seus comportamentos me permitiu entendê-la profundamente, pois você é surpreendente apenas para aqueles que não a conhecem o suficiente ou que não conseguem realmente conhecê-la.

Toda a experiência nesse relacionamento se transformou em outra coisa, com certeza, assim como você previu quando disse: "nosso amor se transformará em outra coisa assim que eu te deixar". Meu amor por você se tornou um ato de compaixão, em vez de um ato de dar amor, pois minha dor se tornou conhecimento e o relacionamento se tornou sabedoria.

Durante toda a experiência que tive com você, consegui também criar o perfil do seu homem ideal, o que nunca serei e foi por isso que lhe disse: "Eu não sou a pessoa que você quer amar". Estas são as características da pessoa que você deseja amar:

- Rico - Você disse muitas vezes que precisa de luxo. Um namorado rico não pode ser chamado de ganancioso quando tenta economizar dinheiro para suas próprias dívidas, porque ele não poupa dinheiro e não se sente mal ao gastar dinheiro com você e não receber apreciação por isso, porque pode gastar tudo o que você quiser;

• Estúpido - Se ele é estúpido, não consegue ver suas técnicas de manipulação, como "graças a mim você está mais feliz agora", "graças a mim você não está tendo férias miseráveis", "eu sempre sei o que é melhor para você", "eu não me alimento por sua causa", "eu não durmo por sua causa". Ele não veria que seu controle sobre um relacionamento (um controle que você precisa, porque na verdade não pode amar sem medos) se baseia sempre na mesma estratégia: a culpa e o respeito próprio do outro ligados às suas ações. Ele não vê que você leva a felicidade dele para o seu mundo e o controla, fazendo-o sentir que você é a fonte dessa felicidade;

• Não-artista - Os artistas são muito sensíveis e sentem muita dor, por isso você precisa de alguém que não seja tão sensível como você diz. Você precisa de alguém que possa magoar sem remorso, porque não pode lidar com a dor de outras pessoas, principalmente se for responsável por isso;

• Baixa auto-estima - Como você precisa reclamar sobre o comportamento e as ações do seu parceiro sem censura em troca, a única maneira de você se sentir perfeita em seu comportamento é vivendo com alguém sem auto-estima, pois assim você pode reclamar sem feedback;

• Independente - Você precisa de um homem que não precise de você, pois assim você pode fazer o que quiser sem ter que explicar nada ou perguntar primeiro. Assim, você pode dizer adeus e desaparecer sempre que quiser e ser aceite quando voltar; você pode dizer "Não quero mais vê-lo" e parar de vê-lo por semanas até sentir sua falta por razões sexuais ou não; e se você sente falta dele apenas sexualmente, pode usá-lo como prostituta e dizer adeus no dia seguinte, como fez comigo;

• Carinhoso - Você precisa de um homem que dê provas físicas de seu amor todos os dias para que possa acreditar que é amada. Ele deve lhe dar flores, pulseiras, brincos, anéis, etc; caso contrário, você não confiará no amor dele, pois as palavras não têm impacto sobre você, a menos que possam trazer dor; ou seja, eu poderia dizer "eu te amo" por um ano inteiro e você nunca acreditaria. No começo você disse que era uma emoção louca que desapareceria, e depois disse que eu não te amava porque não tocava seu pescoço e cabelo com frequência, e então você disse que eu não te amava porque "não te beijo o suficiente", mas, afinal, você nunca acreditou nisso, exceto em alguns momentos de provas físicas;

• Ingênuo - Porque toda vez que você diz "vamos esquecer o passado", ele será capaz de fazê-lo, ele acreditará em você e você poderá machucá-lo novamente exatamente da mesma maneira que sempre fez;

• Mais velho - Assim você não sentirá vergonha de apresentá-lo a seus amigos, colegas ou estudantes. Se ele for mais velho que você, você não dirá que ele é imaturo, não o desrespeitará e não se comportará com ele como se fosse melhor, porque tem mais experiência de vida; Além disso, você não sentirá a necessidade de ensinar nada a ele sobre a vida, pois você não gosta de compartilhar o que sabe com outras pessoas, nem mesmo com a pessoa que deve cuidar como igual, sua alma gêmea, sua amante.

O que vi no começo foi muito claro. Eu nunca te disse que você é uma pessoa de baixo nível, mas você mesma disse isso, e é fato que a dor interna cria dor externa; também é um fato que a dor não permite que uma pessoa pense com clareza e veja as coisas como realmente são e não como parecem. Se você tem medo de amar, sentirá medo daqueles que a amam, pois acredita que eles podem machucá-la; ao magoá-los, você se machuca e cria seu próprio ciclo de reforço de uma autoconfiança. Na psicologia, isso é chamado de profecia auto-realizável.

Ainda vejo em você a garotinha que vi no começo, segurando um escudo enorme para proteger o coração em uma mão e uma espada afiada na outra mão apontando para todos aqueles que tentam tocar seu coração frágil. Este é o seu karma - seu orgulho, desenvolvido para protegê-la da humilhação.

Você recebeu a maior dor comigo porque o orgulho se resolve com o amor. Ao dar amor, você libera o ego e, ao liberar o ego, libera a necessidade de estar certa, a necessidade de vencer, a necessidade de proteger, a necessidade de ser adorada; ao liberar essas necessidades, você libera o medo que está conectado a todas elas, pois foi o medo que criou as características que construíram sua personalidade e a prenderam nessa armadura feita por você.

Quanto menos amor você tiver, mais admiração precisará; mas você recusa o amor concentrando-se na necessidade de ser admirada. É por isso que você trabalha tanto e se sente tão vazia ao mesmo tempo; é o karma que você construiu. Assim como você se tornou a melhor na necessidade de lidar com as pessoas, você se separou do seu eu interior.

Através do amor, conectei todas as diferentes personalidades que você mantém em uma; Eu machuquei seu orgulho. Mas o karma é um processo dinâmico e você não pode fazer sua própria parte, porque o amor real não é uma negociação como a que você acredita; não devemos amar apenas se somos amados; devemos amar, mesmo que não recebamos amor. O verdadeiro amor não é cego; somente a paixão é cega. E, portanto, posso dizer que você realmente não me amava porque seu amor não é incondicional; seu amor tem condições: meu amor ou o que você vê como meu amor - minhas provas de amor. É por não ser sincera no amor que você acredita que eu menti para você. De fato, acreditando que não te amava e ainda não estava amando, você mentiu para si mesma. A desonestidade prende você com suas próprias certezas mentais que não têm conexão com a realidade. Mas você espera que os outros acreditem nisso. Sua lógica não faz a verdade, pois a verdade está sempre mais além disso para ser vista.

Eu estava cego no meu amor por você no começo; então simplesmente te amei, como sempre te amarei. Quando amamos, não desistimos até não termos mais força. Mas quando realmente não amamos, jogamos para ver se nosso parceiro corre atrás de nós quando existem problemas.

O verdadeiro amor não espera e não leva tempo para se tornar real. Fui atrás de você e acreditei em você até não poder mais fazer isso; atrasei toda a minha vida aqui para ver seus planos comigo, para planejarmos o futuro juntos. Não procurei nenhum emprego, pois só queria estar com você acima de qualquer outra coisa. Eu poderia trabalhar em qualquer lugar e em qualquer coisa só para estar com você, mas você fez o oposto; você seguiu seu orgulho em vez de amor. Quando eu sofria, você secretamente organizou toda a sua vida o melhor que pôde, sem nenhuma consideração por mim. Mas o verdadeiro amor não é egoísta.

Nenhuma espada neste mundo poderia me fazer parar de te amar, mas o amor que você não podia aceitar começou a matá-la. Quando vi seu rosto se transformar em uma imagem de morte, quando vi você em uma dor que a deixou tão fraca que não conseguia parar de chorar e se sentir a pior pessoa do mundo, quando vi que você poderia se matar por minha causa, quando vi tudo isso, desisti.

Eu te amei além de qualquer dor e nesse amor eu deixo você ir. Lidei com uma dor pior que mil mortes para manter o amor que sinto por você e lidarei com uma dor pior que três mil mortes para deixar você viver e ser feliz. Se for preciso, vou morrer para fazer você viver. Mas farei o possível para retornar à sua vida para sempre em todas as vidas.

Hoje, enquanto escrevo esta carta em lágrimas, digo adeus para sempre. Os demônios venceram no meu próprio jogo. Hoje eles pegam meu corpo e meu cérebro; eles tiram minha vida, mas não minha alma.

Um dia me perguntaram se a alma pode amar além do corpo. Hoje eu sei que a resposta é sim. Não sou meu corpo, não sou meu cérebro, não sou minhas palavras, não sou minhas emoções, não sou minha felicidade e nem minha dor. Eu sou minha alma e minha alma será sua para sempre, como sempre foi.

Os olhos em que você vê o mundo hoje não me verão novamente, mas em suas orações, esteja vivo ou morto, sempre estarei com você sempre que precisar.

Por um ano você me tirou da vida e recusou meu amor, apesar dos meus esforços para agradá-la. Eu senti que ia morrer toda vez que você decidisse se separar. Então seu comportamento me fez enfrentar a morte por um ano inteiro, toda semana.

Quando tudo terminou, você tentou recuperar o que havia feito em apenas alguns dias, mas meu corpo sobreviveu à dor da rejeição ao rejeitá-la. Eu te amava além das capacidades do meu corpo, mas não conseguia me comportar novamente da mesma maneira e não conseguia mais correr atrás de você, pois recebia uma sensação dolorosa se agora tentasse fazer o que fiz no passado, e que resultou em uma profunda dor emocional toda vez que me deprecio por você.

Você pode dizer com orgulho muitas vezes que fodeu muitas pessoas, mas não pode dizer uma vez "eu também te amo" a um homem que declara seu amor por você durante uma hora abrindo completamente seu coração. Você o rejeitou no dia seguinte e nos meses seguintes, o tempo todo e para sempre. Como minhas palavras te machucaram, parei de escrever e falar, mas agora até meu silêncio te machuca, não tenho mais como ser quem sou. Sem ser quem eu sou, como posso existir com você? Eu só posso te amar.

Você desistiu de mim, mas eu estava sempre pronto para você até o último minuto. Eu nunca estava atrasado, pois meu tempo era o seu tempo desde o início. Era a hora certa e o momento certo para viver o amor. Fiz tudo o que pude por você, sofri dores desde o início até o fim; Chorei muitas lágrimas e me expus o suficiente para chorar muito mais no futuro toda vez que lembro com tristeza o que havia terminado. Mas hoje viro uma página na minha vida. Eu tenho trinta anos e é o dia mais triste da minha vida quando recebo a perda do maior presente que já tive: você. Amanhã começo uma nova vida, mas não a escolhi. Fui forçado a aceitá-la, pois todas as minhas tentativas de manter o amor em minha vida falharam. Eu falhei em mantê-la comigo, mas fiz o meu melhor para além do que poderia imaginar que poderia fazer por alguém.

Você foi meu primeiro amor verdadeiro. Obrigada por compartilhar um lindo amor comigo e por me ajudar nesse amor a se tornar uma pessoa melhor e mais forte. Sinto muito por tudo o que aconteceu e criou esse resultado; Lamento profundamente vê-la sofrendo como resultado do relacionamento.

Ao ver suas palavras nas últimas mensagens que você me enviou antes de ir embora para outra cidade, ouvindo sua voz no celular e observando seus comportamentos nesses últimos momentos, percebo que é verdade o que você diz: você nunca muda.

Você finge mudar esperando que eu acredite nisso e acredita que não quero te amar apenas porque ajo de maneira diferente do que você espera neste jogo. Você acredita que minto quando sou completamente honesto com meus sentimentos e é porque sou honesto com meus sentimentos que você não consegue lidar com meu comportamento.

Se eu estivesse fingindo, você não veria minha tristeza. Eu lhe dei muitas provas do meu amor, mas você não pode vê-las.

INUMANA: CARTAS PARA UMA NARCISISTA

Entendo que você precisa acreditar em suas próprias ilusões para se proteger da dor e da responsabilidade (ou culpa em seu ponto de vista), mas espero que um dia você seja saudável o suficiente para ver claramente sua parte nessa experiência. e seguir em frente com sua vida em uma condição melhor.

A partir de hoje, perdoo seus erros e dores, e espero que você me perdoe pelo que eu fiz também. Eu liberto você de sua culpa, pois espero que você possa fazer isso por mim.

Como presente de aniversário, o mais importante que eu poderia receber é a sua felicidade. Por favor, seja feliz e que seus desejos se tornem realidade! Sempre me lembrarei do momento da minha vida em que te vi pela primeira vez e, enquanto as lágrimas cegam meus olhos, deixo que a mágica cintilante encha essa bela memória com a qual termino hoje minha história com você. Em setembro de 2009, onze meses atrás, a mulher mais incrível entrou na minha vida. Vou manter esse momento especial e gentil congelado em minha memória com essas lágrimas que mantenho agora em meu rosto enquanto termino esta carta e termino este conto encantador. Este é o dia em que o céu abençoou minha vida.

30ª Carta - A Sua Mente

21 **Agosto 2010 - 23:36**
Pare de me enviar mensagens, pois não esquecerei como você esteve comigo durante todo esse tempo, um ano inteiro para ser mais preciso, no qual eu estava fazendo o meu melhor para estar com você. Sempre me lembrarei dos momentos que me fazem perceber por que quero te esquecer, para que minha dor possa paralisar meus sentimentos por você:

Momento A

Você: você é violento.

Eu: Mas nunca te machuquei fisicamente nem uma vez. Você fez isso; você me chutou muitas vezes.

Você: Talvez um dia você faça isso.

Eu: Bem, talvez se você me chutar mais dez vezes, um dia eu darei um tapa na sua cara como resposta a isso.

Você: Entende! É disso que tenho medo. Você é violento!

Momento B

Você: Esqueci todos os meus erros no passado. Por que você não consegue fazer isso?

Momento C

Você: Eu amo você. Por que não é suficiente?

Eu: Porque durante seis meses você disse que não me amava.

Você: Por que você não acredita em mim agora?

Momento D

Você: Eu tive muitos namorados no passado, mas você é o pior porque parece que não se importa comigo.

Eu: Por que você diz isso?

Você: Porque esta manhã você não me beijou.

Momento E

Você: Eu não confio em você porque você me lembra minha mãe. Ela fala como você e eu não confio nela.

Momento F

Eu: Da última vez que brigamos, você foi fisicamente agressiva.

Você: Isso não é nada. Eu dei um soco em um dos meus últimos namorados e posso garantir que ele sentiu isso.

Momento G

Eu: Você é muito agressiva em termos físicos.

Você: É porque sinto agressividade no mesmo nível em suas palavras.

Eu: Você não pode comparar palavras com agressão física.

Você: Sim, eu posso!

Momento H

Você: Você é mau!

Eu: Não. Você é má.

Você: Como você pode me dizer isso? Saia da minha casa!

Momento I

Você: Você nunca se importa comigo.

Eu: Por que você diz isso?

Você: porque você nunca pergunta o que estou fazendo.

Eu: O que você está fazendo agora?

Você: Eu não quero falar sobre isso.

Momento J

Você: Você nunca pergunta sobre o que faço durante o dia!

Eu: Sim, pergunto, mas você não responde.

Você: Não respondo porque é particular.

Momento K

Você: Estou triste com você. Faça alguma coisa!

Eu: O que posso fazer?

Você: Eu não sei!

Momento L

Você: Estou nervosa.

Eu: Porquê?

Você: Não fale assim!

Eu: O que eu fiz?

Você: Você está começando de novo.

Eu: Começando o que?

Você: Não faça isso por favor!

Eu: Faça o que?

Você: Vai embora!

Momento M

Eu: Por favor, pare de machucar meu dedo!

Você: Por que você está gritando comigo?

Eu: Não estou gritando! Eu só pedi para você parar de me machucar!

Você: Você parte meu coração o tempo todo!

Momento N

Você: Por que você não confia em mim?

Eu: Porque você diz, "Não quero mais esse relacionamento", toda vez que temos problemas.

Você: Você não esquece o passado, não importa o que eu faça. Não quero mais esse relacionamento.

Momento O

Você: Você tem conhecimento, mas não me ajuda.

Eu: Eu não sei mais o que fazer.

Você: Mas você deveria saber!

Momento P

Eu: Você sempre sai com outros homens sem mim.

Você: Mas à noite é com você que eu durmo.

Momento Q

Você: Você pode passar a noite comigo, mas pela manhã eu quero você fora, porque não quero este relacionamento novamente.

Momento R

Você: Poderíamos estar trabalhando juntos na mesma cidade.

Eu: Você decidiu escolher um emprego sem me dizer.

Você: Por que você sempre me culpa pelos nossos problemas?

Momento S

Você: Por que você não fala comigo?

Eu: Não tenho nada a dizer!

Você: Você não me ama mais; você mentiu para mim; você não me ama!

Eu: Por seis meses você disse que não me amava e agora reclama de mim?

Você: Eu sabia! Você não me ama mais!

Momento T

Você: Vá embora para o seu novo emprego e tenha uma boa vida! Este relacionamento acabou!

Eu: Espero que você me perdoe em nosso amor que chegou ao fim!

Você: Meu amor nunca vai acabar! Nunca!

Por favor, vá criar os próximos momentos insanos - U, V, W, X, Y e Z, com outro idiota! Eu já tive o suficiente! Não acredito mais no seu amor!

31ª Carta - Nada Se Altera

23 **Agosto 2010 - 14:13**

As coisas mudam e pensei que você poderia vê-lo, não como algo ruim, mas apenas como resultado de tudo o resto. Eu te amo muito, mas você não me deu escolha! Você é muito querida por mim, mas coloca tantas barreiras na nossa frente que é como se tivesse medo de amar. Você pede meu amor, mas quando eu o dou, sinto que você o rejeita.

Toda a dor que eu mostrei na carta, é a dor de um homem que quer amar uma mulher que coloca barreiras o tempo todo. É como se eu estivesse lutando para entrar no seu coração e recebesse flechas no meu peito toda vez que chego perto dele.

No dia em que lhe disse: "Estou apaixonado por você", iniciei um compromisso — amar você. Não importa quanta dor você me deu e não importa quanto sua aparência possa mudar, eu sempre te amei. Em palavras de tristeza, dor, frustração, raiva ou mesmo no meu silêncio, eu estou sempre te amando.

Você sabe agora o que quer da vida. Seu trabalho atual transformará seu orgulho em algo mais forte, mas você não precisará mais dele. O amor lhe dá isso e muito mais além dos seus sonhos. Deseja provar que você é uma pessoa normal? Aceite o amor!

Não vou desistir até fazer tudo o que tenho que fazer para que você aceite o amor, mas preciso que você faça sua parte. Eu preciso que você venha aqui!

ROWAN KNIGHT

A mente é complexa, mas também simples de entender. Você pode mudar tudo dentro de si mesma com uma decisão simples. Não tenha medo, pois não quer mais o que pode perder. Você quer o que tem medo de vencer. Ganhe isso! Estou aqui esperando por você. Espero que você não me faça esperar e espero que você não diga adeus nunca mais! Eu te amo muito!

32ª Carta - Mentirosa Imoral

23 **Agosto 2010 - 17:50**

Você é uma mentirosa incondicional e uma amante condicional. Você diz: "A menos que confie em mim, não posso amar você", mas, ao mesmo tempo, você mente, o que significa que não quer ser amada.

Acredito que amar alguém significa aceitá-la como ela é; assim como aceito que você mente, você deve aceitar que perdi a confiança em você!

O equilíbrio virá com o tempo, pois você mente menos e eu a conheço melhor para confiar mais em você. No momento, você deve aceitar as coisas como elas são, a menos que prefira usar isso, entre outros assuntos, como uma desculpa para recusar o amor e depois chorar por algo que você realmente não quer, apenas porque espera que a outra pessoa aceite algo inaceitável.

Amar é aceitar as diferenças. Espero que você pare de nos ver como bons e ruins, ou confiar e não confiar, ou de nível baixo e alto. Espero que você possa nos ver como apenas duas pessoas apaixonadas.

Coloque seu orgulho de lado e aceite suas imperfeições! Os problemas fazem parte da vida e muitos relacionamentos convivem com desafios muito mais difíceis que os nossos.

Temos amor enquanto a maioria das pessoas tem amizade no relacionamento. Temos compatibilidade, enquanto a maioria das pessoas tem acordos. Vivemos como um, enquanto outros apenas aprendem a viver juntos. Nós nos entendemos naturalmente, enquanto outros precisam se esforçar a vida toda.

O amor pede responsabilidade e compromisso e é por isso que é tão difícil viver isso. Você quer falar sobre níveis? O amor é o mais elevado. Somente ao aceitar o amor, você prova que é uma pessoa de alto nível. O nível mais alto é sobre amor, responsabilidade, compromisso e verdade.

Olhe para as pessoas que você teme e veja se elas têm isso! Eles não têm.

O amor te pressiona, mas você tem medo de se perder. Mas o amor é deixar-se perder. Eu me perdi e não me arrependo porque me tornei outra pessoa nesse amor — melhor do que era antes.

Deixe de ser criança! Aceite o amor! Aceitar o amor significa aceitar a felicidade, confiar em outra pessoa, construir esperança para o futuro e melhorar a nós mesmos ao enfrentar nossas falhas.

Você me disse, depois que fui embora, que não quer esperar outra vida para me conhecer, portanto vamos viver nosso sonho agora! Além disso, teremos mais brigas e, com o passar do tempo, teremos medo de estar juntos e brigar novamente, e de qualquer maneira é um caminho sem saída. Por isso desisti. Ainda não sei se falar com você novamente é uma boa ideia, mas espero que você me mostre isso.

33ª Carta - Lê e Assume

02 **Setembro 2010 - 01:04**

Eu aprecio se você parar de me fazer sentir culpado quando as coisas não acontecem como você quer, seja como uma mentira ou algo verdadeiro. É uma tendência que você tem que funciona contra você, pois eu posso analisar que tipo de esforço você realmente faz e compará-lo toda vez que o faz.

A pessoa que cuida de você tentará entender e, nesse esforço, verá seus fracassos; portanto, tenha cuidado ao me julgar impondo culpa! Você pede demais coisas que não deveria nem perguntar e depois pune como se fosse superior a mim! Você não é e eu tenho o direito de discordar de você. Então, ou você aprende a se comportar ou me chama de malvado a vida toda. Não sou idiota e não vou fechar os olhos para suas atitudes só porque você precisa disso.

Depois dos esforços que fiz para que nosso relacionamento funcionasse, agora estou sofrendo todos os dias novamente, desta vez por me separar da sensação de que você tem tanto medo de me amar que tentará manter esse amor à distância, por não não sei quanto mais tempo. A distância entre nós atrasa o que você quer ter comigo e não me permite ver se isso pode ser possível.

Não sei que tipo de amor você realmente deseja ter comigo e a incerteza disso funciona como uma toxina no meu coração, pois sei pela sua própria boca que é isso que você fez no passado com aqueles que você abandonou.

Eu tenho o direito de dizer como você me machucou e tenho o direito de me sentir machucado quando você machucar. Se você não respeita meus sentimentos e não me permite me expressar, está procurando algo que não sou.

Realmente não sei o que pensar quando você diz: "Eu só queria ouvir sua voz" ou "mesmo que não estejamos juntos, preciso que sejamos amigos". Gostaria de saber se você realmente quer um relacionamento comigo. Você não tem respeito por mim e está brincando comigo. Faz quase um ano agora, em que você me faz sentir como um fantoche em suas mãos. Mas não vou parecer idiota a vida toda.

Pelo menos, quando falo assim, estou lhe dando uma chance, pois é no meu silêncio que eu desisto. E ainda estou aguardando sua explicação para o motivo de você ter verificado meus arquivos pessoais e copiado coisas muito particulares sem a minha permissão do meu disco rígido externo.

Depois você se pergunta por que não confio em você. Pior que isso, você exige minha confiança, sem fazer nada para merecê-la.

Você não deve usar o amor que sinto por você contra mim, pois sabe que magoa com esse comportamento. Se você pede confiança sem merecer, está pedindo minha dor e estupidez, pois confiar em você é o que eu mais desejo.

Observar meus arquivos particulares não me machuca, pois sei desde que te conheci, que você não é uma pessoa confiável e corro riscos o tempo todo para estar com você sem saber o que você fará a seguir. É o fato de você ter copiado arquivos dos meus livros que me machuca, porque eu poderia ter lhe dado esses arquivos se você tivesse pedido. Essa atitude significa que você não confia em mim ou em minha ajuda, mas deseja roubar meu conhecimento. Isso me faz sentir muito triste.

Você nunca me conhecerá se tentar usar o que vê, porque vê pouco com uma inteligência autodestrutiva.

Caso queira falar comigo, saiba o seguinte: não aceitarei a culpa de suas atitudes só porque você se recusa a assumir responsabilidades em relação a suas próprias ações. Não posso ajudá-la se você não puder ajudar a si mesma. Portanto, nunca mais diga que não estou ajudando, pois você é quem recusa minha ajuda.

Quando você pensar sobre o relacionamento no início, lembre-se de que estava aceitando minha ajuda. Esses foram os bons momentos em que você realmente precisava ser ajudada. Conectei o que foi desconectado por muitos anos. Então ajudei você a enfrentar a dor do passado, e a controlar sua mente consciente. Portanto, você sabe que está a machucar os outros quando, na verdade, acredita que está apenas se protegendo. Além disso, mesmo depois que você decidiu recusar minha ajuda e continuou conversando com pessoas que aconselho a evitar, você viu mais tarde que essas pessoas com as quais eu lhe falei para ter cuidado são exatamente aquelas que a traíram quando você mais precisava delas.

Magia não é suficiente quando o cérebro não funciona corretamente. Se você não acredita nisso, olhe para a sua vida! Tanta perfeição sem fim, com tanto vazio crescente.

Lembre-se disso: talvez eu seja sua melhor chance na vida, não com minha amizade ou minha voz, não com minha ajuda ou censura, e nem mesmo com meu amor, mas por causa do amor que você pode dar a alguém que a aceita amando você. A outra maneira é a maneira que você tem seguido.

Não te dou tanto porque gosto de sentir dor, mas porque acredito em você. Eu gostaria que você compartilhasse tanto da sua vida quanto me pediu para compartilhar a minha; Eu gostaria que você estivesse tão disponível para mim quanto você quer que eu esteja disponível para você; Eu gostaria que você desse tanto amor e confiança quanto você gostaria que eu desse.

Se você deseja resolver sua vida e encontrar amor, encare o fato de que você não é quem pensa que é! Encare o fato de que você é quem está se destruindo e não por falta de amor no mundo, porque o amor sustenta o próprio mundo. Encare o fato de que sua verdadeira beleza não é vista por quem a admira, mas apenas por quem a ama.

Se você quer ter meu respeito, assuma suas falhas, prove-me quando eu estiver errado e eu a respeitarei, mas não me julgue se você não quiser ser julgada. Se você não se comprometer, eu não quero você perto de mim, porque as memórias doem muito.

O mais bobo desta mensagem é que eu realmente preciso que você a leia e entenda, mas você não o fará ou verá apenas pequenas partes e depois interpretará como desejar. Mas tenho certeza de que, se você tivesse roubado estas palavras do meu disco rígido, leria cuidadosamente tudo palavra por palavra.

Na minha vida, e a menos que eu seja louco ...

- Não vou me casar com alguém que não possa morar comigo;
- Não quero ter um filho com alguém que nem me aceite;

- Não vou dividir uma casa com alguém que luta para viver em segredo;
- Não confio em alguém que rouba meu conhecimento.

Podemos chamar essa pessoa de qualquer nome, mas tenho certeza, com toda a dor que o amor pode trazer quando a tempestade destrói seus frutos, que todos os psicólogos, psiquiatras e pessoas saudáveis de todo o mundo concordariam com isso. Não se trata de você, mas da própria vida.

34ª Carta - Talvez

07 **Setembro 2010 - 10:41**

Se você acredita que é superior a mim ou que eu deveria ser punido por poder ver o que você faz nas minhas costas, você não está me mostrando amor. Quando você se encontrar em desespero novamente, por viver uma vida vazia sem significado, desejará ter amor. Se o amor vier a você novamente, valorize-o como nunca o fez antes! Talvez o próximo homem que você ame tenha o que você não poderia me dar: respeito, compaixão e compromisso.

Talvez, se você não estivesse tão orgulhosa de si mesma, pudesse admitir seus pecados e pedir perdão;

Talvez, se você pudesse me respeitar mais, seria mais fácil lidar com nossos problemas;

Talvez, se você fizesse esforços para viver comigo sem perder nem um dia, nosso relacionamento funcionaria facilmente;

Talvez, se você não tivesse feito coisas ruins contra mim nas minhas costas, como roubar arquivos, não sentiria a necessidade de se esconder tanto e perder sua energia e saúde nesse processo;

Talvez, se você pudesse confiar em mim, eu poderia ter lhe ajudado facilmente;

Talvez, se você tivesse procurado a ajuda de um profissional de saúde mental, poderia ter visto que não sou eu quem está machucando;

Talvez, se você pudesse ter enfrentado seus pecados e fracassos, poderia ter recebido redenção em sua alma, o que clarificaria seu espírito, permitindo que você visse a verdade;

Talvez você possa ver que eu realmente amo você, mas você nunca acreditará.

Talvez, talvez, talvez ... Talvez nunca saberemos!

Se você não acredita em Deus, acredite na redenção de sua alma, e verá o que desprezou e perdeu nesse comportamento cheio de orgulho (um dos sete pecados capitais).

35ª Carta - Lembra

07 **Setembro 2010 - 16:04**
Lembre-se do meu amor, quando você morrer sozinha, e, uma vez morta, veja toda a verdade profunda, e se arrependerá de tudo. Aí, desejará ter a mesma vida que tem agora, apenas por outra chance de ter um relacionamento comigo e tentar fazê-lo funcionar novamente.

Você me pediu para não esperar outra vida inteira para tentar fazer nosso amor funcionar e agora que eu lhe dei outra chance, você me desprezou. Você é mentirosa! Sua vida é uma grande mentira! Você é uma ilusão para si e para os outros!

A vida lhe dará o inferno que você pede em suas ações! Que Deus tenha piedade de sua alma, porque foi roubada de você! Você não é uma pessoa má; você escolheu ser assim!

Estou acostumado a pessoas como você, mas não esperava amar tanto uma e é assim que o inferno me pegou. Você quer amor, mas não pode amar.

36ª Carta - Adeus

09 **Setembro 2010 - 08:29**

É inacreditável como você faz esforços para me ter de volta em sua vida, como você implora para que eu não a deixe, como você faz tantas promessas e agora me deixa cair novamente. É o que você gosta de fazer: sentir minha dor. É assim que você se sente melhor: sugando minha energia através da minha dor. Você é um vampiro de coração frio, sem compaixão ou emoções.

Eu pensei que você mudou, mas era tudo mentira. Você nunca vai mudar. Mas sim, você sempre será meu anjinho, meu anjinho caído. Você não podia ver meu amor, minhas desculpas e os sonhos que eu estava segurando por você, escondidos na última porta do meu coração, no fundo da minha alma amorosa.

Você pede pouco da vida quando abandona o amor e rejeita a verdadeira alegria de viver quando rejeita um verdadeiro amante. Você não pode ver o amor quando é grande demais para seus olhos.

Nos seus momentos de agonia, quando você me liga mil vezes por dia, sente mesmo minha falta ou precisa apenas de um substituto para a sua solidão? Você realmente chora lágrimas de esperança e amor quando pensa em mim ou está com medo de enfrentar as conseqüências de suas próprias decisões e precisa bloquear o poder de sua consciência no reconhecimento de desprezar o amor?

O fato de você me abandonar um dia como está fazendo agora era previsível, mas, no meu amor por você, dei a minha vida e desliguei minha consciência. Eu me entreguei a você com amor.

Nos seus momentos de agonia, sozinha com a mente, tudo ficará claro e você sofrerá o poder da consciência! Quando isso acontecer, seu coração sofrerá pelo que você se fez perder!

Nenhuma das pessoas que apoiaram sua decisão agora será capaz de eliminar essa dor. A dor de perder o amor verdadeiro. Você estará por conta própria, até seus dias finais. E quando você se deitar com o próximo homem em sua vida, não sentirá o mesmo que sentiu comigo e, como não pode apagar esse fato, ficará ainda mais amarga e triste. Na sua dor, você apagará ainda mais a capacidade de ter a consciência limpa, apagará sentimentos e poderá ter algumas doenças de volta.

Eu lhe dei a luz que você precisava nas trevas, mas agora você é uma criatura das trevas; você despreza toda a luz e despreza todo amor e liberdade consciente. Você se apega aos seus pecados como uma bateria que faz seu coração bater sem emoções.

Talvez se eu nunca tivesse lhe dado tanto amor, tanta luz, seus olhos pudessem me ver melhor na escuridão que eles apenas conhecem. Os sonhos que tive para você agora são meus pesadelos todos os dias. Você tomou a última energia em mim e hoje sou um morto-vivo. Você tomou todo o meu amor; você venceu! Mas no dia em que te vi pela primeira vez, eu sabia que já tinha perdido. No dia em que eu disse "eu te amo", eu estava me rendendo.

Se na vida você sentir uma dor maior do que a que fez você desistir de mim, lembre-se de que é apenas a dor da luz que traz introspecção à sua mente, para que você possa exorcizar seus demônios; Se um dia você sentir a dor de morrer, lembre-se de que é apenas Deus exorcizando você por seus pecados e levando sua alma de volta para ele; Se um dia na vida você acabar sozinha em um quarto, sem marido, sem filhos e sem alegrias para compartilhar, lembre-se, meu anjinho, o amor sempre esteve lá e em todos os lugares, e chegou a você no passado, na forma de um homem; Se na vida você deseja morrer, lembre-se, meu anjinho, que é apenas a falta de amor, não do mundo, mas você mesma. Lembre-se que você o teve e nesta agonia de lembranças agradáveis você se exorcizará na luz.

37ª Carta - Desejo...

10 **Setembro 2010 -13:30**
Eu gostaria que você pudesse dizer "me desculpe" quando eu apontar seus erros, porque eu triplicaria minha afeição e respeito por você e você curaria minhas feridas e me deixaria continuar amando você facilmente. Eu também gostaria que você me permitisse pedir desculpas porque, toda vez que eu a magoava, realmente não queria isso, e se você pudesse ouvir minhas desculpas, em vez de me mandar embora ou dizer adeus, você poderia se beneficiar do amor. Eu daria de tudo para você curar suas feridas.

Eu gostaria que tivéssemos aprendido a compartilhar mais amor e menos dor, porque ambos existem a partir da forte conexão que temos.

Confesso que, como você tem medo de saber as coisas que esconde, temo que possa te perder se você não mostrar.

Menti quando disse que vou tirar você do meu coração, pois não quero fazer isso e não quero rejeitar emoções. Ou sinto amor ou dor por não tê-la, mas vou até o fim disso.

Escute seu coração, pois é onde o amor pode ser encontrado. Seu coração sempre lhe dirá qual é a melhor coisa a fazer.

38ª Carta - Suas Feridas

10 **Setembro 2010 - 22:25**

Não consigo parar de te amar e, depois de tudo o que tínhamos, sei que esse amor sempre será forte e presente, não importa o que aconteça, não importando onde estamos ou mesmo se não nos vermos novamente.

Ainda não sei se é melhor amar e perder ou amar e deixar a outra pessoa partir. Por favor, cure suas feridas e siga em frente com sua vida em paz. Você merece ser feliz. Todo mundo merece ser feliz e o objetivo da vida é a felicidade. O amor deve ajudar, pois é a emoção mais forte e mais poderosa do universo. Se não, não está sendo vivido da maneira que deveria.

Você deve procurar viver o amor que a abraça mais alto. E lamento não ter sido bom o suficiente para permitir essa experiência e realização. Eu não sou uma pessoa má, mas fiz coisas más da minha dor. Perdoe-me, pois nunca quis te machucar. Espero que você continue acreditando no amor. Eu não conseguia entender como te amar, mas senti o amor com você como nunca antes.

Por favor, perdoe-me, perdoe a si mesma e perdoe a nós mesmos! Se eu te vejo bem e amando outro homem, saberei que venci porque nenhum amor foi perdido.

Vou dizer agora o que me permite construir uma ilusão que me ajuda a esconder essa dor de mim mesmo; Eu direi o que me permite cegar meu coração da dor de perder o amor; Direi o que me permite criar um sonho para o meu coração sentir a necessidade de continuar batendo; Eu direi: "Até breve". Porque meu coração sempre esperará por você.

39ª Carta - Acredito

23 **Outubro 2010 - 18:30**
Eu acredito em sonhos...

Porque sonhei com você toda a minha vida sem saber se você existia e a vida me provou que você é real.

Eu acredito em contos de fadas...

Porque pensei que minhas próprias crenças eram uma ilusão pessoal que me permite construir uma vida, mas você me provou que juntos podemos trazer nossas crenças mágicas mútuas à realidade. Com você, vivi toda a magia que eu poderia desejar.

Eu acredito em vampiros ...

Porque fui seduzido por você e me senti abraçado pelo seu cheiro e toque, mas você sugou toda a minha energia através da dor e da culpa. Porque, neste inferno, eu desejei e ainda desejo morrer, apenas para manter a emoção pela qual me viciei: Amar você!

40ª Carta - Arde No Inferno!

16 **Janeiro 2015 - 18:18**

Você é cruel, você é um demônio neste mundo. Você fugiu depois de tudo o que fez. Mas espero que você pague por tudo o que fez comigo e com os outros e queime no inferno por toda a eternidade.

Depois de mais de 39 cartas, você me procurou, quando eu estava de luto pela separação e aprendendo a esquecer você. Você me encontrou, descobriu onde eu estava, encontrou meu prédio e até minha porta e me surpreendeu em uma manhã. Mas para quê?

Você veio até mim como um desastre, com roupas velhas e sapatos com buracos, cheia de desculpas sobre o quanto estava vomitando e sofrendo com a separação, me dizendo como voltou ao seu vício em álcool porque não tinha mais o meu amor.

Que outra opção eu realmente tinha que acreditar em alguém que me surpreenderia assim? Fiz o que um homem deveria fazer: eu te fodi mais de vinte vezes em um dia e depois te dei um fora no dia seguinte. Mas você se comportou como se merecesse e continuou reivindicando meu amor. E então, eu lhe dei, o que eu acho que foi a chance de um trilhão em menos de um ano, para provar sua indignidade.

Quando fui visitá-la em sua cidade e fiquei no seu apartamento no Natal de 2010, peguei um avião para estar com você. E então sua alma me mostrou o que seus demônios não podiam. Você me pediu para assistir a um filme que, de acordo com você, lembrou muito de mim. Nesse filme, o personagem principal, um homem estúpido e retardado, fez sexo com uma mulher que era uma prostituta completa e até fodeu outros homens em sua própria casa, enquanto ele assistia TV. Uau! Você é realmente uma puta! Mas obrigado!

Eu não me vejo tão estúpido como aquele cara retratado no filme, mas provavelmente na maioria das vezes bati à sua porta e você respondeu que eu fosse embora, porque estava fazendo sexo com outra pessoa e, então, quando eles não deram a mínima para você, você me chamaria em desespero. Porque, convenhamos, quando você me perguntou durante as duas primeiras semanas juntos: "Você gostaria de ter um relacionamento aberto comigo", já tinha tudo planejado. Não foi um teste! Eu era apenas mais um em sua imensa coleção. E você ficava paranóica toda vez que me via com meus amigos espanhóis, porque eles faziam parte do gang bang, não era?

Eu estava tão ferrado em meu cérebro devido a esse relacionamento que acabei procurando a ajuda de dois adivinhos e três psiquiatras. Descrevi a situação toda e até compartilhei com eles sua foto e suas cartas. Foi graças a eles e aos meus amigos que dei um soco no estômago com tanta força que não consegui respirar bem por muito tempo. Eu tinha que correr cinco vezes por dia e por vários meses para superar isso e lidar com a dor excruciante e interminável que você me deixou.

Eles viram tudo, mas você sabe como eu sou e como eu estava cegamente apaixonado! Eu simplesmente não conseguia ver o óbvio! Então, tive que pagar vários hackers e até uma empresa de espionagem para obter a verdade do inferno em que eu estava vivendo. E finalmente consegui, toda a verdade. Isto foi o que descobriram sobre você: você é ninfomaníaca e esquizofrênica. Pelo que, quando você me disse que um dos seus ex-namorados era um psicólogo que trancou você na casa dele, você estava se referindo ao hospital psiquiátrico onde sua mãe a colocou e de onde você fugiu, não foi? Você fodeu o psicólogo para pegar a chave de saída? É por isso que você o chama de ex-namorado? É verdade, não é?

Você é uma ladra experiente e aprendeu muito durante os anos em que fugiu de um hospital psiquiátrico na França para viajar para a Inglaterra como uma menina jovem e muito doente, para se tornar uma escolta lá. É por isso que você me disse que a vida na Inglaterra é muito difícil, apesar de estar ganhando muito dinheiro apenas por ser jovem e bonita, como mencionou em suas próprias palavras.

Ainda me pergunto se você realmente trabalhou em uma loja de pornografia durante esses anos, como disse, ou mesmo em uma empresa de perfumaria como vendedora. Porque eu tive acesso aos seus diplomas falsos da faculdade e entendo agora porque você me disse que eu poderia falsificar um facilmente para obter um salário mais alto. E assim, a coisa mais provável que você fez na Inglaterra, especialmente considerando que me disse que estava ganhando dinheiro fácil e vivendo uma vida luxuosa, foi ser uma prostituta VIP bem paga. Foi assim que você realmente visitou tantos hotéis diferentes, como você me disse. E aposto que, muitas vezes, em que você desapareceu de mim, você chuparia o pau de um estranho em troca de dinheiro e paz de espírito, não era? Você é tão viciada em sexo quanto precisa e os benefícios psicológicos que isso traz para você.

Você costumava acordar às 6 horas todas as manhãs, enquanto eu ainda estava dormindo, e depois verificava continuamente e nervosamente se eu acordava e via o que estava fazendo, criando perfis on-line para encontrar clientes.

Eu nunca pensei que essas pessoas existissem no mundo. Vi filmes de terror e espiões, e nada poderia me preparar para o que experimentei com você.

Quando estávamos dormindo juntos, tive muitos pesadelos, e você me disse que era sua mãe fazendo algum tipo de feitiço, porque ela é uma bruxa profissional. Mas agora eu sei que isso não é verdade. Além disso, por que sua mãe criaria feitiços para mim, se eu sou cristão? Foi o demônio dentro de você fazendo isso, para me enfraquecer e me tornar mais vulnerável.

Nenhuma das pessoas com quem falei sobre você se atreveu a dizer que está possuída por um demônio, mas li muitos livros sobre isso, morava com você e dormia com você, e posso confirmar que você corresponde a todas as características na perfeição de indivíduos possuídos.

O que eles me disseram e descobriram é que você faz sexo com muitos homens ao mesmo tempo, assim como no filme que você me mostrou na sua casa. Então, obrigado por isso!

Eles também viram que você é uma ladra e uma prostituta suja, mesmo que sejam minhas próprias palavras, pois acredito que sintetizam seu perfil muito melhor.

A coisa mais inacreditável de toda essa história é que, quando finalmente te expulsei da minha vida, você não foi embora. Você me fez pagar uma passagem de avião para deixar meu novo apartamento, e nunca pagou de volta, e essa passagem me custou quase mil dólares. Paguei para você ir embora o mais rápido possível e porque você me disse que estava sem dinheiro.

No entanto, em vez de ir embora normalmente, você teve que se vingar uma última vez. Você copiou todos os meus arquivos do computador novamente. Mas agora você fez mais do que isso também. Você roubou coisas da minha casa e até dinheiro e fugiu em um momento em que eu estava fora de casa.

Eu permiti que você dormisse em minha casa até você sair da minha vida, mas você planejou tudo muito bem e me arrependi de não ter feito o que todo mundo me disse para fazer, que era jogar suas coisas pela janela e chamar a polícia para tirá-la do meu apartamento.

Mesmo que você tenha conseguido escapar de uma maneira horrível, tive a chance de usar a polícia em você, pois você me roubou coisas. No aeroporto, eu tinha uma equipe de policiais prontos para me guiar até você e impedi-la de embarcar no avião. Mas você sabe o que fiz? No último segundo exato, fiquei realmente feliz por você ter partido e decidi que não queria impedi-la de pegar aquele avião. Eu disse a eles para cancelar a operação.

Você é uma prostituta imunda e um ser humano muito feio, se ainda há algo humano em você. Sim, você não passa de uma lata de lixo fedorenta como costumava se chamar quando te conheci. E fico surpreso ao saber que você teve a chance de ir à Suíça e limpar seu passado vergonhoso mais uma vez. Sim, eu sei onde você está. Eu também sei que você continua escapando da sua maldade, não postando suas fotos em perfis on-line e mudando seu nome sempre que precisa. Você continua enganando metade do mundo com seus novos empregos e perfis falsos enquanto foge da outra metade.

Agora, graças a me conhecer, você tem todo o conhecimento necessário para ter a vida que nunca mereceu. Ajudei você a mudar sua vida inteira pela primeira vez e ficar rica como nunca foi. E o que você devolveu à única pessoa que lhe deu o que você nunca mereceu, uma segunda chance na sua escuridão? Nada! Você nem confessou tudo o que eu paguei para descobrir sobre você. E nem mesmo quando recebi todas as provas e acesso à sua caixa de e-mail e implorei por uma confissão, nem então, você confessou tudo. Porque você é cruel e cruel!

Não mereço ter sofrido tanta dor. Eu arruinei minha saúde por sua causa. E não sei quantas doenças sexuais posso ter obtido por você.

Você me usou porque eu estava apaixonado por você. Você tentou me destruir porque eu tentei te salvar. Você tentou enviar minha alma para o inferno, porque eu tentei tirar a sua de lá. Criatura suja do inferno!

INUMANA: CARTAS PARA UMA NARCISISTA

Eu descanso minha alma hoje sabendo que você queimará no inferno.

Pedido de Revisão

Caro leitor, Obrigado por adquirir este livro! Eu adoraria saber sua opinião. Escrever uma resenha de livro ajuda a entender os leitores e afeta as decisões de compra de outros leitores. Sua opinião importa. Por favor, escreva uma resenha! Sua gentileza é muito apreciada!

Lista de Livros

Livros escritos pelo autor:

Agne: Na Mente de Uma Narcisista
Desencanto: Poemas de Rowan Knight
Destino: Quando Encontramos a Alma Gêmea
Escravo: Cumprindo Uma Profecia
Inumana: Cartas Para Uma Narcisista
Profecia: Uma Mensagem Para a Humanidade
Quimera: Quando Uma Ninfomaníaca Se Apaixona
Uma Chance: 20 Histórias Curtas, Imprevisíveis e Com Uma Lição Moral

About the Publisher

This book was published by the 22 Lions Bookstore.
For more books like this visit www.22Lions.com.
Join us on social media at:
Fb.com/22Lions;
Twitter.com/22lionsbookshop;
Instagram.com/22lionsbookshop;
Pinterest.com/22LionsBookshop.